W9-BZU-965

WITHDRAWN FROM
THOMAS BRANIGAN MEMORIAL LIBRARY

APR 0 5 2007

Viento amargo

Beatriz Rivas

Viento amargo

ALFAGUARA

VIENTO AMARGO
© 2006, Beatriz Rivas
© De esta edición:
2006, Santillana Ediciones Generales, S. A. de C. V.
Av. Universidad 767, col. del Valle,
México, D. F., C. P. 03100, México.
Teléfono 5420 75 30
www.alfaguara.com.mx

Primera edición: junio de 2006
Tercera reimpresión: noviembre de 2006

ISBN: 970-770-473-X

© Diseño de portada: Leonel Sagahón

Impreso en México

Todos los derechos reservados.
Esta publicación no puede ser reproducida, ni en todo ni en parte,
ni registrada en o transmitida por un sistema de recuperación de
información, en ninguna forma ni por ningún medio, sea mecánico,
fotoquímico, electrónico, magnético, electroóptico, por fotocopia, o
cualquier otro, sin el permiso previo por escrito de la editorial.

A Magdalena Zivy de Rivas,
por sus huellas.

A Cuka y Enrique,
por darme todas las oportunidades
y abrirme todas las puertas.

Y como siempre, a Isabella y Franz,
por el mundo luminoso que hemos construido.

La historia está hecha de verdades que se convierten, a la larga, en mentiras. En cambio, los mitos son mentiras que, a la larga, se transforman en verdades.

JEAN COCTEAU

Considerada en conjunto ¡qué novela la de mi vida!

NAPOLEÓN

Londres, diciembre de 1840

No sabemos de quién es la voz.

No podemos ver quién lee la noticia sobre la repatriación de los restos de Napoleón Bonaparte. Suponemos —tanto narrador como lectores— que es una mujer por el timbre y tono; británica, por la forma de pronunciar el inglés. De vez en cuando hace una pausa, suspira y continúa:

"A las ocho de la mañana, en medio de un frío glacial, un gran número de personas se amontonaba en las puertas de la iglesia de Los Inválidos, que no se abrieron sino hasta las nueve para que los invitados fueran ocupando sus lugares.

"Exactamente a las doce del día, el cortejo fúnebre pasó debajo del Arco del Triunfo y descendió por los Campos Elíseos (cuyos balcones fueron rentados a precios exorbitantes), en medio de una inmensa multitud que se arremolinaba. En la Place de la Concorde, la procesión dio vuelta frente al obelisco y cruzó el Sena."

El periódico, que cubre su rostro por completo, está fechado en París, el 15 de diciembre de 1840. Como si fuera una película, la cámara hace una toma más abierta y comienza a mostrarnos detalles. Sí, es una mujer. Ahora lo sabemos por las manos delicadas y la falda que se asoma debajo del diario.

"El interior de Los Inválidos era impresionante. Casi la totalidad de la nave estaba cubierta por una alfombra negra y las sillas se dispusieron en forma de anfiteatro. Los asistentes, militares pero también gente del pueblo francés, mostraban un profundo duelo. Cada pilar del recinto religioso fue adornado con el nombre de las victorias de Napoleón y tres largas banderas tricolores. Había emblemas bordados en plata y oro, así como medallones negros rodeados por laureles en los que se leían, en letras doradas, los principales capítulos de la vida del Emperador. Arriba de cada medallón, y repartidas por toda la nave, un inmenso número de banderas tomadas a los enemigos en las diversas batallas: Marengo, Albeck, Ulm, Saalfeld, Enzersdorf y Eylau entre otras. Enormes candelabros iluminaban el lugar y a las miles de personas que esperaban la llegada de los restos."

Es una voz dolorosa y extraña. (¿Por qué lee en voz alta, si está sola?)

"A la una de la tarde, un cañón anunció la salida del rey Louis Philippe de Las Tullerías, y a las dos la procesión entró en la iglesia. Los clérigos, encabezados por el arzobispo de París, aguardaban el féretro. Los invitados especiales eran aquellos inválidos que pelearon bajo las órdenes de Napoleón; la mayoría tenía los ojos acuosos o, al menos, enrojecidos. De pronto los tambores sonaron, los cañones cimbraron el viejo muro dándole la bienvenida al ataúd cubierto por terciopelo morado y escoltado por los mejores amigos del Emperador. El general Bertrand depositó la espada de Bonaparte sobre la bandera mortuoria y el general Gourgoud, su sombrero."

Es una mujer claramente dolida, de unos 38 años. Por respeto (¿los lectores tenemos que ser respetuosos?) deberíamos dejar que siga leyendo, sin más interrupciones.

"En la puerta de la iglesia de San Luis, el príncipe de Joinville hizo entrega del ataúd a su padre, el Rey. Entonces comenzó la música: el *Requiem* de Mozart fue interpretado por los más famosos cantantes de las óperas francesa e italiana, entre ellos la mezzo-soprano Giuditta Grisi, acompañados por la Orquesta de París. Napoleón lo escuchaba desde el glorioso altar de plata, iluminado por cientos de lámparas, también de plata, que colgaban de la bóveda.

"El Rey, sus ministros y la Infanta de España trataban de protegerse del intenso frío. Todos vestían de morado, color imperial para el duelo.

"Afuera, el día era magnífico: azul intenso y triste. Cayó un poco de nieve antes de que finalizara la imponente ceremonia, pero los Cielos hicieron más para la solemnidad del entierro que lo que cualquier hombre pudo hacer. Fue un día de esplendor imperial: un día verdaderamente napoleónico."

La mujer, Elisabeth Balcombe de soltera, Mrs. Abell de casada, deja el diario sobre una mesa de madera. Ahora ya podemos ver su rostro: piel blanca, pecas tristes, rictus cansado, maquillado de una cierta nostalgia. Entonces cierra sus ojos y recuerda. Siente la presencia de Bonaparte a su lado y escucha su voz, llamándola, con ese terrible acento mitad corso y mitad francés que tanto la hacía reír: ¡*miss Betsy, miss Betsy! Ma petite cherie.*

Sólo una copa de vino la acompaña. Es un tinto de alguna marca francesa que no alcanzamos a distinguir desde nuestra posición de espías. Desde algún lugar de la novela nos invade Napoleón recibiendo la botella de Gevrey Chambertin que miss Betsy acostumbraba llevarle en cada visita. Ali o Marchand abrían la botella y escanciaban el licor aterciopelado. *Écoute, écoute!*, le pedía Napoleón: es el sonido del cielo, decía, al escuchar el ruido del líquido al caer y el vacío que producía su paulatina ausencia en la botella. Brindaba, aspiraba el aroma y bebía un primer y largo trago.

Ahora Elisabeth dirige la mano derecha hacia su cuello y jala una cadena de oro, muy fina, hasta que un escarabajo que estaba escondido en el escote ve la luz. Es un dije egipcio, de color verde intenso, verde alucinante. Lo acaricia, con la mirada perdida en la nada. ¡Qué suerte tienen los que logran poner su mente en blanco!

¿Si pudiera, borraría su pasado… o al menos *esa* parte de su pasado? ¿Lo haría? ¿Hay un precio, de cara a la historia, que deba pagar por haberlo conocido? Lleva veintidós años planteándose las mismas preguntas.

Imagina la voces críticas de sus compatriotas: "Bonaparte no merecía unos funerales así." Escucha las frases que ha oído durante toda su vida: "Sus generales eran unos pillos, sus soldados unos salvajes y él, un tirano." "Se creía el árbitro y dueño de

Europa. Sus guerras y anexiones fueron unas terribles ofensas para todos." "¡Era déspota, cruel y sanguinario!" "Envió a la muerte a millones de hombres sin mostrar ningún sentimiento." "Era el ídolo, sí, pero de la gente inculta… Sólo se rodeó de mediocres."

¿Valdrá la pena refutar al eco, contradecir los lugares comunes, el habla popular de quienes nunca lo conocieron como ella? Las tardes que compartieron en Santa Helena, las interminables pláticas, ¿son suficientes para que se sienta dueña de ese pedazo de historia?

No necesita hacer un esfuerzo para recordar perfectamente el día que lo conoció: un 17 de octubre de 1815. Miss Betsy apenas tenía catorce años pero su memoria no ha envejecido ni un segundo. *Majestuoso*, es la palabra que repite en voz alta, varias veces, para que podamos escucharla. Todavía tiene presente, con una nitidez extraordinaria, la impresión mezclada de terror y admiración que sintió al contemplar por primera vez a ese hombre, a ese ogro que tanto le habían enseñado a temer. *Era el hombre más majestuoso que jamás hubiera visto*, vuelve a decir para que nos quede claro.

Lucia Elisabeth Balcombe se levanta del sillón forrado en seda y sale de escena lentamente. Este es el momento que cualquier narrador aprovecharía para ambientar el lugar describiendo mobiliario, época, olores, objetos decorativos, pero nosotros no podemos perder el tiempo en minucias que no aportarían gran cosa a la narración.

Nos dedicamos a esperar a que miss Betsy regrese. Esperamos, Hay que tener paciencia. Ya han pasado dos líneas y nada. Los lectores pueden impacientarse.

Cambiamos de párrafo y la escena sigue inmóvil, sin personajes, sin vida. Decidimos, entonces, observar la reproducción de un cuadro de Turner que adorna alguna de las paredes. Retrata la batalla de Waterloo y lo que más nos impresiona son los colores: de un lado, la luna pinta destellos blancos sobre el cielo azul; del otro, los tonos del infierno: rojo y amarillo fuego. Restos de cuerpos humanos, caballos muertos y tambores abandonados. Tambores que ya no tienen país, ni misión, ni voz. Tambores mudos, sordos, convalecientes… en duelo.

De pronto, miss Betsy regresa a escena. En sus manos tiene una carta. Se sienta, le da un trago a su copa y, antes de abrir el sobre amarillento, nos mira. Sí, nos mira, como si fuera una actriz que posa sus ojos en la cámara.

Capítulo 1.

La campaña italiana
(o del amor y las mujeres)

El amor es una tontería hecha entre dos.
NAPOLEÓN

Miss Betsy llega a la una de la tarde con una botella en la mano y un ramo de violetas. Entra a la casa de Longwood sin tocar la puerta y, al no verlo en el salón, pasa hasta su gabinete de trabajo. Todos saben que el Emperador la espera: la espera las tardes de los viernes, vestido con su uniforme verde, el de oficial de cazadores de la caballería de la guardia imperial, sobre el que se distinguen el cordón de la Legión de Honor y la Cruz de la Orden. Su esclavina y puños son escarlatas; su chaleco y pantalones son blancos. El sombrero descansa a su lado, adornado por una insignia tricolor. Hoy eligió el de fieltro, mucho más viejo que el de castor y, por lo tanto, el que mejor se amolda a su cabeza.

Sentado en el gastado diván de terciopelo azul, recarga un codo en el respaldo. Sobre el escritorio colocado junto al muro tapizado en tonos amarillos, descansan las memorias que dicta cada mañana.

En esa isla tan pequeña y lejana, Napoleón es, por mucho, el personaje célebre; el único que ciertamente pasará a la historia.

—¿No la extraña?

—¿A quién?

—A su esposa —dice miss Betsy, observando el busto de la Emperatriz María Luisa, realizado por Canova, que decora una esquina. En esquina opuesta, una escultura de mármol rosa, de Josefina, mira con recelo a la princesa austriaca. En la mirada de la mujer nacida en Martinica se transparenta un aire de tristeza por haber sido incapaz de darle un heredero al Emperador.

—¿Acaso se extraña a lo que no se ama, a lo que nunca se amó?

—¿No siempre se quieren los esposos?

—¡Ay, querida miss Balcombe! —Napoleón pronuncia el apellido a la manera francesa—, hace falta que usted se case para que pueda responderse. Depende de las razones por las que se elige a la pareja: si es por conveniencia económica, política o de clase, es difícil que se desarrolle más allá de una relación cotidiana, pertinente. No acabo de arrepentirme de mi matrimonio con María Luisa: mi asesinato en Schönbrunn hubiera sido menos fatal. *Ah!, ma bonne petite Louise…* ¡Y pensar que para nuestro contrato nupcial utilizamos el mismo modelo de la reina María Antonieta! En realidad, debería haberme casado con una rusa —se dice a sí mismo—. ¿Quién puede afirmar que el amor es deseable? Con Josefina creí perder la razón, el control. Fue a la mujer que más quise: todo mi afecto estaba concentrado en una persona. ¡Qué peligroso! Las grandes pasiones pueden ser mortales… y frías: mi único placer, mi única ansiedad, mi único tormento era una mujer gélida, infiel y mentirosa. Eso sí, era una diosa de la moda y la *donna la piu graziosa di Francia*.

—La emperatriz Josefina era distinguida… —dice, mientras observa sus rasgos plasmados en la piedra rosa. Los ojos medios cerrados y sus largos párpados. Unas bellas y arqueadas cejas. Sus cabellos parecen muy sedosos, ¿tal vez castaños claros?

—Bella, con una bonita y graciosa figura. Su hermana Jane me la recuerda un poco, aunque Josefina era la mujer más verdaderamente femenina que he conocido —acepta, recordando su pequeña espalda, sus senos blancos, elásticos y firmes. La gracia con la que se metía a la cama y se despojaba de su ropa. Su pequeña foresta negra, a la que llenaba de mil besos impacientes—. Pero también frívola, cruel, caprichosa. Amaba demasiado los placeres y me mantenía continuamente endeudado. A mí me educaron con dos principios: no tener deudas es esencial para la felicidad y no se debe gastar más de las dos terceras partes de las ganancias. "Tienes que proporcionar tus gustos a tu fortuna", le repetía constantemente. A veces discutíamos horas enteras porque se quería quedar con algún cuadro o escultura que pertenecía al Museo, al pueblo francés, para decorar sus habitaciones.

—Se nota que la quiso mucho, por eso la critica.

—Al principio sí. La encontraba adorable, traviesa, ocurrente, viva, llena de energía. Pero desengáñese, *ma petite*, pues me casé con ella porque creía que tenía una gran fortuna heredada de su marido muerto, y además porque una familia muy francesa me convenía a mí, un corso. Después, cuando la dejé para casarme con María Luisa, me hizo sentir una gran ternura. Seguí visitándola y haciéndome cargo de ella. Me conmovió la tristeza que le produjo nuestro divorcio.

Por la puerta abierta que da a la recámara del general, Elisabeth puede ver un enorme armario de caoba abierto. Adentro, en perfecto orden, está su ropa: un saco de civil, el frac de granadero, su abrigo de Marengo, varias levitas, pantalones, chalecos y uniformes. Lo más vistoso es su ropaje de primer cónsul, de terciopelo rojo, bordado en seda y oro. En los entrepaños están las sábanas bien dobladas y sus objetos de baño. Le llama la atención la cama del general, no es grandiosa, ni siquiera parece cómoda: es la cama de campaña que utilizó en las batallas de Marengo y Austerlitz. En las paredes cubiertas de nankín alcanza a observar algunos retratos de familia.

La recámara es la habitación en la que Bonaparte pasa más tiempo. Tiene un pequeño escritorio que usa para colocar los libros que está leyendo y también para comer y cenar solo, los días que no tiene invitados. Varios libros se encuentran tirados en el piso, en aparente desorden. Hay una chimenea de mármol con un gran espejo arriba, que hace que el lugar parezca más grande y luminoso. Sobre la chimenea, reflejándose en el espejo, la adolescente observa dos candelabros de plata, dos frascos, dos tazas de esmalte y dos retratos del rey de Roma que le llaman la atención. En uno, el hijo de Napoleón aparece arrodillado ante un crucifijo, con sus manos en posición de rezo y los ojos hacia el cielo. En otro, es un bebé que descansa en una cuna que tiene forma de casco romano. Sobre su pequeña cabeza se distingue la bandera de Francia, y en una de sus manitas lleva un globo terráqueo.

Miss Betsy regresa la mirada hacia su amigo. Quisiera decirle que su hijo se parece mucho a él, pero teme despertar su nostalgia. Napoleón lleva un rato en silencio, con la vista fija en algún lugar de su pasado. En sus ojos de exiliado todavía hay mucha ternura.

—Gracias —dice la adolescente, de pronto.

—¿Por qué?

—Por el caballo que me mandó ayer. Sin él, me hubiera sido imposible asistir al baile.

—No podía dejar que mi pequeña Betsy se quedara encerrada porque su pony, Don, estaba en no sé dónde.

—Tom, no Don. Mi pony se llama Tom. Se lo presté a un amigo pues había olvidado el compromiso de la noche.

—¡Ah! Mademoiselle Betsy, *petite étourdie*, nunca va a madurar —le dice, dándole un pellizco en la oreja.

Napoleón camina lentamente hasta su escritorio. Comienza a hojear lo que dictó por la mañana mientras Elisabeth canta una pieza escocesa que sabe que le gusta a Su Alteza, *Ye Banks and Braes*. Su voz es lo suficientemente afinada y dulce para ser disfrutable, pero Bonaparte siente ganas de molestarla y comienza a entonar a todo volumen, con su voz desafinada, *Vive Henri Quatre*. Casi grita mientras marcha alrededor de la habitación, dando fuertes pasos con sus botas militares. Miss Betsy levanta el volumen de su canto pero termina riendo, aceptando que perdió la batalla. En ese momento Bonaparte decide regresar al tema de las mujeres, haciéndole una pregunta sin justificación aparente:

—¿Quién cree que sea la dama más bella de la isla?

Miss Betsy no duda en contestar muy rápido, tal vez impulsada por su cercana amistad con la esposa del general Bertrand.

—Madame De Bertrand es superior a todas. Sus rasgos no son perfectos, pero su rostro es muy intelectual, digno y elegante. Como si perteneciera a la realeza.

—¿Qué me dice de La Ninfa del Valle? —pregunta el Emperador, queriendo provocarle celos.

—Miss Robinson es graciosa pero, aunque sea mi amiga, debo reconocer que no es precisamente bella.

—Usted no está siendo objetiva. ¿Eh? Se parece tanto a María Walewska, mi querida esposa polaca, que a veces siento que verdaderamente estoy con ella.

—¿Qué tenía de especial?

—Sin importar su físico, poseía una combinación muy particular de independencia, sumisión, sabiduría y ligereza que la hacía preciosa y muy distinta a las demás mujeres.

—Entonces le pediré a Mary Ann que me acompañe a visitarlo más seguido, para que pueda admirarla… —responde, queriendo ocultar su enojo.

—¿Y madame De Montholon no es bonita? —vuelve a inquirir con malicia en sus ojos.

—Definitivamente no —dice, tratando de adivinar la reacción de su amigo. Entonces, Napoleón le enseña una miniatura de Albine cuando era muy joven.

—Pues aquí está bellísima, pero los años no la han tratado bien.

—No es la edad, sino la intensidad con la que ha vivido. Una mujer demasiado apasionada se mete en muchos conflictos.

Miss Betsy no quiere creer que la pasión pueda convertirse en una enemiga. Por eso, y por la ilusión que le otorga la edad, se permite decirle:

—Pues usted dirá lo que sea, pero yo no quisiera morirme sin vivir una gran pasión. Una al menos.

—Cuidado con sus deseos, *mademoiselle*. No pida más de lo que pueda soportar, ni menos del precio que esté dispuesta a pagar.

—¿Un precio?

—Se arriesgaría a perder su libertad, independencia, tranquilidad.

—¿Necesariamente? —pregunta Elisabeth, mientras camina en círculos por la habitación. El piso de madera no está bien barnizado; en algunas zonas los tablones se ven más oscuros que en otras. Es obvio que le hace falta mantenimiento.

—Antes pensaba que las mujeres debían ser absolutamente correctas en su conducta, honorables, delicadas, discretas. Llegué a ordenar que en las escuelas públicas para niñas se prohibieran las competencias con tal de no dar rienda suelta a su vanidad, uno de los instintos más vivaces de su sexo. Suponía que el deber de la mujer era estar donde el esposo, seguirlo al destierro de ser necesario. No ser frívola ni caprichosa, sino madura y sensata.

—Yo soy sensata. ¿No es así?

—Sensata... a veces, sorprendentemente madura para su edad, e inteligente —el Emperador comienza a jugar con su anillo de oro, del que sobresale una N rodeada por una corona de laureles, dándole vueltas sin quitárselo—. ¡Y pensar que siempre creí en la debilidad del cerebro de las mujeres, en la inestabilidad de sus ideas y en su necesidad de resignación perpetua! Prohibí que estudiaran idiomas, pues suponía que lo que mi Imperio necesitaba eran mujeres virtuosas, con corazones afables, pero alejadas de la cultura —miss Betsy abre sus enormes ojos, está a punto de decir algo, aunque Napoleón continúa—. Eso sí, las obligábamos a realizar labores manuales tres cuartas partes del año. Tenían que aprender el Evangelio, pero nunca ser ingeniosas. Debían adquirir nociones de salud para poder cuidar, en el futuro, a su esposo o hijos enfermos. Siempre simpaticé con las mujeres buenas, ingenuas, dulces y corteses. Sencillas, complacientes y respetuosas. Obedientes, sobre todo.

—Pero…

—Le repito, para que le quede claro, antes, tiempo pasado, creía que las únicas propiedades de las mujeres eran la belleza y la gracia; sus obligaciones, la dependencia y la sumisión. Todo me demostraba que la naturaleza las había hecho nuestras esclavas y que por una mujer que inspirara algo bueno había cientos que nos llevaban a cometer idioteces. Pero ahora que comienzo a apreciarla como mi última y querible compañía, miss Betsy, no deseo que permanezca en la sombra, que se convierta simplemente en la sirvienta de su marido.

—Lo haría por amor —afirma con certeza. La humedad de la habitación y la plática comienzan a ahogarla.

—No se engañe, el amor no existe. Lo único que usted tiene es a sí misma. Y no me refiero a su belleza: es preciosa, aunque dentro de unos años será menos bonita y llegará un día en que no sea bella en absoluto, pero podrá ser respetada durante toda su vida, estar satisfecha con sus logros personales, ser fiel a sí misma y nunca traicionar sus voces internas. Aquellas que la invitan a ser única o a sentirse única, que es lo mismo.

Ali, ejerciendo las funciones de paje, entra para dejar las violetas, ya arregladas y debidamente colocadas en un jarrón con agua, sobre una mesa. Al finalizar, hace una breve reverencia y se retira sin darle la espalda al Emperador, respetando la elevada jerarquía del exiliado y las estrictas reglas de etiqueta dictadas por Su Majestad a su llegada a Longwood.

—Violetas… —susurra Napoleón, sin darse cuenta de que lo está diciendo en voz alta.

—Yo las traje. Son mis flores favoritas.

—También las de Josefina. Su perfume olía a violetas, pero su piel, en verano, a rosas —enseguida, inmerso en los recuerdos de su olfato, le confiesa a miss Betsy—. Cuando estaba en campaña siempre llevaba una caja con violetas. Conservan su aroma mucho tiempo después de secarse. La abría todas las noches e imaginaba a Josefina ahí, a mi lado, apoyándome, mimándome, y no amando a cualquier jovencito a no sé cuántos kilómetros de distancia.

—Seguramente usted también tuvo muchas mujeres. ¿No?

—Efectivamente, pero no es una cuestión grave; cuando de amores imperiales se trata, la moral no existe. De joven me enamoré de Desirée, estuve a punto de casarme con ella. Después llegaron a mi lecho Pauline, la Grassini, Éléonore, Françoise, Thérèse, Emilie, Louise[1] y muchas otras que no recuerdo, sin contar las relaciones que me han inventado. Pero no

---

[1] En la lista de mujeres del Emperador están Désirée Eugénie Clary y Emilie Laurenti, a las que les pide matrimonio antes de casarse con Josefina. Louise Gauthier, Theresa Tallien (a la que llamaban "Notre-Dame de Thermidor"), Pauline Fourés (conocida como "La Cleopatra de Bonaparte"), Thérèse-Etiennette Bourgoin (bailarina y apasionada del teatro francés), Giuseppa Grassini (reconocida cantante de ópera), Marie Antoinette Duchatel y Eléonora Denuelle de la Plaigne (madre de León Bonaparte). También una Françoise con la que supuestamente tuvo una hija, Emilie, en 1808.

se deje engañar, a pesar de tantos nombres jamás he tenido tiempo para ellas; de otro modo, habrían dominado mi vida. Para mi carrera era importante rechazar cualquier afecto que pudiera desviarme de la meta. Mi única amante fue el poder. Si usted quiere llegar lejos, apréndase esto: el amor estorba.

Elisabeth trata de ignorar el comentario y vuelve su mirada a la puerta de vidrio que da hacia el norte. Sabe que Su Majestad Imperial no acaba de adaptarse al paisaje de Santa Helena. Cerca de Jamestown convive una exótica mezcla de bananos, palmeras, bugambilias y mangos, pero en el valle árido y desértico de Longwood, lugar estratégico para aislar y vigilar al Emperador, tan sólo hay unos pocos áloes, cactus y gomeros. En la hierba seca, entre flores que se parecen a la margarita, se esparcen algunas piedras volcánicas, rojizas y esponjosas. En las montañas alcanza a ver varios pinos torcidos en la misma dirección, por culpa del viento del sureste. La bruma viene y va para encontrar refugio en el Pico de Diana, el punto más alto de la isla.

Elisabeth extraña Londres tanto como Napoleón extraña la humedad de una mujer. Las curvas cálidas. El olor a esencias de tocador mezclado con el fino sudor femenino. El general exiliado no puede dejar de observar el vestido de seda cruda que cubre el cuerpo de miss Betsy. Su cuello, largo y sin joyas, le da un toque de elegancia y elasticidad a su silueta aniñada. Sobre su frente amplia, fresca, porta un listón de terciopelo y seda, decorado con unas diminutas flores blancas. Los extremos del listón bajan por su nuca hasta acariciar, traviesos, la espalda.

El Emperador prefiere poner su atención en el vino violáceo: líquido que anticipa el duelo. Toma el tallo de la copa con la mano derecha y la mueve en círculos. Enseguida cambia el recipiente de mano. Lo aleja de su rostro para observar el color a contraluz. Después, con esa nariz recta, napoleónica, inhala el bouquet, muy dentro. Una vez que prueba el Gevrey-Chambertin lo rebaja con agua, como es su costumbre, y sigue disfrutándolo. Cierra los ojos y aspira…

—Le confieso que sí me hace falta el olor a mujer.

—Si Su Alteza desea, puedo traerle el perfume de mi madre sin que se dé cuenta; es francés.

—Que el gobernador no la escuche decirme Su Alteza, está terminantemente prohibido. Yo hubiera hecho lo mismo; eficaz manera de disminuirme ante los demás —guarda silencio un momento, mientras la jovencita lo observa esperando respuesta—. Gracias, *mademoiselle*, pero no es perfume lo que deseo oler. Es la piel, el cabello, el humor que despiden. ¿Sabía usted que es el olor más alejado al que se respira en la guerra? El aroma femenino se opone a la muerte.

Al observar la mirada de Napoleón, Elisabeth afirma con seguridad:

—El amor sí existe, *Sire*. Usted lo está comprobando: tiene cara de enamorado.

—No. Es de melancolía. Lo que existe es la idea del amor, y a ésa le apostamos todo, aunque nunca logremos materializarla. Es un sentimiento que no pasa de ser un concepto en el que queremos creer. Escúcheme, yo conozco muy bien el alma humana. Usted debería intentarlo, así nunca se decepcionará. Los hombres sólo buscamos satisfacción fugaz. ¿Sabe qué decimos cuando estamos solos? Que las mujeres son como las fortalezas, hay que tomarlas rápidamente o dejarlas.

Miss Betsy enrojece pero decide seguir la conversación, ignorando el comentario atrevido del Emperador.

—No puedo creerle.

—Definitivamente, el amor hace más daño que bien. De hecho, la única manera de salir victorioso de una batalla amorosa es huyendo.

—Pero algo tiene que haber...

—Ternura. Por la condesa Walewska siempre sentí profunda ternura y agradecimiento: fue la única mujer que nunca me pidió nada y que estuvo dispuesta a dármelo todo. María verdaderamente me amó; fue la más dulce y bella de todas. Hasta mi amada Hortencia me traicionó al final. Agradecimiento también siento por mi peor enemiga, madame De Staël: era un pájaro de mal agüero, pero le reconozco su inteligencia y agudeza. Esa mujer enseñaba a pensar a los que no sospechaban la existencia de esta función o la habían olvidado.

Elisabeth camina otra vez hacia la ventana. Quisiera saber algo, pero no se aventura a preguntar. Observa el cono casi perfecto de la cima de Flagstaff. Las rocas desnudas y valientes, color acero, con sus cavernas y riscos, le dan la seguridad para cuestionarlo.

—¿Puedo hacerle una pregunta atrevida? —murmura miss Betsy, sin mirarlo.

—¿Qué tan atrevida?

—Personal. Digamos que voy a preguntarle, si usted lo autoriza, algo que no me concierne.

—Adelante —dice Napoleón, divertido por la súbita prudencia de una adolescente que no se distinguía por ser prudente. Aunque miss Betsy era tan joven y carecía de la experiencia de vida necesaria para sostener ese tipo de conversaciones, su presencia semanal le servía al Emperador como un vehículo de reflexión en voz alta, para desahogarse y tratar temas que con nadie más podía abordar.

—¿Y Madame Albine de Montholon? Viene muy seguido y se dice…

—¿Qué, qué se dice? —pregunta el Emperador interrumpiéndola, ávido de saber.

—Que son amantes y que hasta su esposo, el conde Charles, lo sabe.

—Mmmm, los maridos siempre son confiados y crédulos, pero la reputación de la condesa nunca ha estado precisamente intacta. Una mujer seductora y coqueta como ella, con esos ojos azules que llaman la atención y un pasado bastante complejo, siempre se presta a habladurías. ¿Sabe que se ha casado tres veces? —le dice Su Alteza jugando con la curiosidad de la adolescente, aunque enseguida se arrepiente—. Pero le recomiendo que jamás crea en rumores. Es una tonta manera de perder el tiempo.

—Sería bueno que alguien lo amara todavía. Usted lo necesita. Se nota en su mirada.

—A los casi cincuenta años ya no se puede amar: cada edad nos otorga un rol diferente. Tengo el corazón duro como el bronce. En realidad, querida niña, el amor es una pasión demasiado intensa y ya no tengo la fortaleza para controlarla. Jamás estuve lo que se dice enamorado… tal vez de Josefina, a la que quise con mesura, y eso porque yo tenía veintisiete años. Nunca quise a nadie, ni siquiera a mis hermanos… bueno, un poco a José porque es el mayor, por costumbre. Además, jamás corrí tras las mujeres. Ahora, mucho menos. La maquinaria está rota.

—Pero yo...

—Créame, niña linda, el amor es una aberración: un arrebato emocional sin las defensas adecuadas puede acabar con cualquiera. Ustedes las mujeres representan un gran peligro, sobre todo cuando son tan jóvenes, porque parecen débiles y provocan muchas tentaciones.

—¿Qué tipo de tentaciones? —pregunta, con mirada traviesa y una imaginación demasiado despierta.

—De las que convierten a los hombres en simples animales, nulificando la capacidad de razonar. Siempre he dicho que si las pasiones dominan al hombre, las mujeres se convierten en uno de los poderes más temibles —contesta, sin caer en la trampa.

—¿Y el matrimonio? Mis padres se quieren, lo juro. A veces pienso que no podrían vivir el uno sin el otro.

—¿Duermen juntos, en la misma habitación?

—No. En Inglaterra nadie lo acostumbra.

—Josefina y yo compartíamos la misma cama durante toda la noche. El matrimonio debe ser un intercambio de transpiraciones. Sus padres no se quieren, sólo se necesitan. Debería aceptarlo, Elisabeth, el amor no existe; es un sentimiento ficticio nacido de la sociedad.

—Pues yo estoy decidida a enamorarme y a permanecer en ese estado toda mi vida.

—Una meta maravillosa, pero imposible.

—Ya veremos.

—*Exactement mademoiselle*; ya lo veremos. Lamentablemente no estaré a su lado el día que tenga la edad suficiente para reconocer su error y lo único que desee sea una muerte dulce, sin dolor.

—¡Qué trágico!

—Es el desencanto de un hombre exiliado. De alguien que llegó a ser Emperador y ahora no es más que prisionero. De un hombre que tuvo grandes sueños y ahora no es más que una caricatura de sus ilusiones…

Ambos se quedan callados al escuchar un fuerte ruido. Una de las persianas, de tanto golpearse con el viento agresivo, ha terminado por desprenderse y acaba de caer sobre la tierra seca del jardín. Miss Betsy corre hacia la ventana y observa a un soldado inglés, que estaba escondido detrás de algún arbusto, tratando de levantar el pesado tablón.

—¿Sabe? —le pregunta la adolescente para cambiar el tema—: el capitán Murray Maxwell trajo una boa constrictor a la isla.

—¿La vio? Me gustaría ver de cerca a un animal de esos. Cuando veníamos de Inglaterra en el *Northumberland*, lo único que me distrajo del aburrimiento fue el día que pescaron un inmenso tiburón. Fui testigo de una verdadera lucha. El animal, aun muerto, era imponente.

—Pues la boa era enorme y espantosa. El espectáculo fue horrible, pero no podía dejar de observarla. Imagínese, mis hermanos aplaudían mientras la víbora se tragaba entera a una cabra. ¡Una cabra viva! Lo peor llegó después, una vez que el festín había terminado.

—¿Qué pasó?

—A pesar de que ya estaba adentro de la boa, se alcanzaba a escuchar el balido del pobre animal y los cuernos se marcaban, como si en cualquier momento fueran a atravesar la piel de la serpiente.

—Igual que las mujeres; si nos descuidamos, nos tragan vivos y enteros.

—Eso sí es el colmo, compararnos con esos bichos. Ya está usted delirando, Su Majestad Imperial.

Napoleón ríe. Primero discretamente y después con sonoras carcajadas que contagian a la señorita Balcombe.

Primeras notas del narrador

Cierro el libro *Le soleil noir de la modernité* y me doy cuenta de que acabo de encontrar una descripción ideal para miss Betsy. (Hasta ahora la he descrito muy poco.) Son apenas unas cuantas palabras, pero no puedo utilizarlas por temor a que me acusen de plagio. Además, el autor es demasiado conocido y la gente sabe bien que Baudelaire publicó *La Fanfarlo* años después de la muerte de Napoleón.

No debo, no debería... pero no puedo dejar de hacerlo. Tal vez nadie se dé cuenta.

Comienzo: miss Betsy tiene la frente pura y noble, los labios imprudentes y sensuales, el mentón cuadrado y déspota...

¿Y si pongo la frase entre comillas? No, es estúpido. Supuestamente estoy contando la historia desde el lugar de los hechos y en el tiempo en que todo aconteció, es imposible que hubiera leído las palabras que publicó Baudelaire años después.

Pero ¿de qué otra manera se pueden describir unos labios imprudentes y sensuales? Imprudentes. Sensuales, muy sensuales. Invitadores, suaves, generosos, húmedos. Sí, seguramente así eran los labios de miss Betsy. Así los imagino, por lo menos, y eso es lo importante.

Una adolescente de mirada curiosa, ojos de gato, irreverente con el Emperador, juguetona, divertida, sensible, inteligente y hasta petulante. Sabía obtener lo mejor de él, porque era la única capaz de hacerlo sonreír cotidianamente. Su edad le permitía ignorar el protocolo, romper las formas ante el hombre que había cambiado el destino de Europa. Era, también, la única que se atrevía a contradecirlo, y lo hacía con una fresca naturalidad que el Emperador agradecía. Eso le divertía; lo distraía de su prisión en forma de isla, en forma de exilio.

Miss Betsy también tenía una ternura muy especial, una ternura cálida. ¡Ah! Y unos senos que comenzaban a asomarse y se daban el permiso, a veces, de retarlo. Senos que entraban en conflicto con su frente, pura y noble como la de Samuel, el personaje de Baudelaire.

Cada vez que la adolescente tiene algo privado que decirle al Emperador, se acerca mirando hacia atrás de reojo, como para cerciorarse de que nadie los espía y, una vez a su lado, se agacha. Con la mano derecha le aparta el cabello castaño y delgado que cubre levemente su oreja y le acerca sus labios, "imprudentes y sensuales", para susurrarle algo. Algo que no alcanzo a escuchar. A veces, a los narradores tampoco se nos permite el acceso a los secretos, pero lo importante no son las palabras de miss Betsy. Su fina nariz roza la oreja de Napoleón y le hace unas sutiles cosquillas que lo obligan a cerrar los ojos y a retirarse un poco.

Cuando el Emperador habla, miss Betsy tiene la costumbre de fijarse más en sus labios que en su mirada, aunque los labios de Su Alteza no son tan atractivos. El superior está ligeramente adelantado y el inferior es muy delgado. En cambio, su barba es prominente y su mandíbula, cuadrada y decidida. Fuerte.

Regreso, mejor, a miss Betsy y a sus labios imprudentes y sensuales. Sensuales e imprudentes. ¿Por qué no se me ocurrió a mí antes?

Capítulo 2.

La victoria de Marengo
(o de los deseos)

*Los grandes hombres son aquellos que
saben dominar la felicidad y la fortuna.*
NAPOLEÓN

—Soy un listón… —comienza Elisabeth.

—Soy un listón de un sombrero… —continúa el general corso.

—Soy un listón de un sombrero adornado con plumas grises….

—Soy un listón de un sombrero adornado con plumas grises que pertenece a una prostituta de Palais-Royal…

—¿Palais-Royal?

—Va a perder el juego, pequeña. Nada más repita y agregue.

—Está bien: soy un listón de un sombrero adornado también con plumas grises de una prostituta de Palais-Royal que canta mientras espera…

—Soy un listón de un sombrero adornado con plumas grises que pertenece a una prostituta de Palais-Royal que canta mientras espera a un joven atraído por su contacto y su perfume, buscando perder la virginidad…

—¿Es cierto? ¿Ese joven era usted?

—Así no es el juego.

—¡Dígame, dígame! —le pide a Napoleón, entre risas—. ¿Era usted?

—Perdió. Cambiemos de juego.

—No va a decirme, ¿verdad?

—No —responde, conteniendo una carcajada—, es demasiado curiosa y las reglas no lo permiten.

—Es que usted sólo me cuenta las grandes glorias de su pasado, y yo quisiera saber también más, mucho más de usted como persona.

—Pues lea todo lo que de mí se publica.

—¿Y cómo distinguir las mentiras? Recuerde que apenas la semana pasada le traje unas memorias falsas. Usted mismo lo dijo.

—Completamente apócrifas. Todavía no publico mis memorias; no he acabado de dictarlas siquiera y ya circulan por Europa. Eso sí, reconozco que había frases que me hubiera gustado decir: frases precisas e inteligentes. Las debería adoptar; ojalá que la historia me las adjudique algún día. ¿Se imagina el problema que tendrán los escritores del futuro cuando pretendan saber qué fue realmente lo que dije? Espero ser bien tratado, pues acostumbro buscar una recompensa en la opinión de la posteridad, por los problemas y tribulaciones del exilio. Siempre he actuado pensando el lugar que van a ocupar los acontecimientos, por mí creados, en la historia. La imagen que tendrán de mí en el siglo que viene.

Miss Betsy sonríe. Cuando lo hace, muy seguido por cierto, dos pequeños hoyuelos aparecen sobre sus mejillas. Ella tiene un diario secreto, y cada vez que escribe algo, lo hace pensando en que tal vez alguien lo encuentre y lo lea. Por lo tanto, todo lo que plasma está perfectamente pensado.

Bonaparte y Elisabeth están sentados sobre una manta, cerca del acantilado. Miss Betsy piensa que si Napoleón quisiera escapar, hacerlo desde ahí sería un suicidio. Además hay dos barcos que vigilan esa zona de la isla: uno viaja en el sentido de las manecillas del reloj, y el otro en sentido inverso. Cuando se cruzan, dos veces en cada vuelta, se hacen señas para indicar que todo está en orden.

Como un ronroneo, llega a los oídos del gran *Sire* el sonido de las olas estrellándose contra las rocas. Desde lo alto, la espuma parece un encaje en continuo movimiento. Hoy el viento es suave y las aves marinas se dejan llevar por las corrientes, descansando, antes de volver a agitar sus alas.

—He convertido al eterno viento de esta isla en mi enemigo. Lo odio, pero tal vez en lugar de luchar contra él, de enojarme y gritar rechazando su furia y esa persistencia con la que cala mis pulmones y mi ánimo, debería transformarlo en mi aliado, en mi mejor amigo. ¡Viento —dice, poniéndose de pie y levantando la voz—: si tan sólo pudieras llevarme de regreso a mi querida Francia, dejaría de llamarte agrio, amargo, traicionero! Definitivamente he equivocado mi estrategia.

—Usted, el mejor estratega, ¿se equivocó?

—*Oui* —acepta, volviéndose a sentar—. Y eso que la estrategia es la más simple de todas las ciencias. Pero este viento amargo me irrita, me hace la vida difícil… aunque he de confesarle que también lo admiro. El océano es poderoso, pero el viento lo es más: es quien decide los estados de ánimo del mar, su calma, o los fuertes oleajes. Su textura plana y sutil o rugosa. La dirección hacia la que se dirigen las olas…

—Dejemos al viento en paz y juguemos a otra cosa —interrumpe Elisabeth.

—¿Al juego de los deseos? —pregunta el Emperador, con una mirada que podría ser infantil.

—Estupendo. Yo empiezo: si usted fuera prostituta, ¿qué desearía? —ataca miss Betsy.

—Eso me gusta de usted, su terquedad.

—Conteste.

—Desearía no tener que trabajar en las noches frías. Pertenecer a una casa de tolerancia en la que me trataran bien. Desearía un hombre joven, bien parecido, que me desvistiera con gracia. Que no fuera violento ni brusco, sino amable y me dijera palabras tiernas. Que estuviera dispuesto a conversar conmigo y, eso sí, que me pagara muchos napoleones para no tener que volver a ejercer ese oficio. Es mi turno: si usted fuera pescadora —dice, viendo el mar—, ¿qué desearía?

—Mmm. Está difícil. No sé nada de la vida de los pescadores.

—¿En una isla que se sostiene de la pesca? ¿En qué mundo vive, querida mía? Invente. Utilice su imaginación, recuerde que es su mejor arma.

—Desearía un barco enorme, que no se hundiera ni en la peor de las tormentas y que fuera muy cómodo. Que no se moviera, para no marearme. Desearía encontrar los peces muy cerca de la costa, para no separarme mucho tiempo de mi familia. Mucha pesca, de la más cara en el mercado. Y, tal vez, un día, cuando ya no tuviera ganas de seguir pescando, me gustaría encontrar un gran diamante en la panza de un pez, para venderlo y que ni yo, ni mis hijos, ni mis nietos, volvieran a preocuparse jamás.

—Tendría que ser un diamante bastante grande y muy puro.

—Me toca a mí, otra vez. Si usted fuera pobre, ¿qué desearía?

—Ésa es fácil —reconoce Bonaparte—, entre menos se posee más se desea.

—No necesariamente.

—Veamos: no voy a decir comida, casa, dinero, joyas, es demasiado obvio. No. Si yo fuera pobre desearía poder ascender socialmente, teniendo la oportunidad de entrar al ejército para ganar la Legión de Honor luchando por mi país.

—Todo lo convierte en política. ¿Puedo volver a preguntar?

—No. Es mi turno. ¿Si usted fuera exiliada qué desearía? —pregunta Napoleón pensando en Chateaubriand pero, sobre todo, en madame De Staël, a la que castigó, por sus duras críticas, con un dulce exilio.

—Mmm… que me enviaran a una ciudad muy parecida a Londres, con el mismo clima, las mismas costumbres y el mismo idioma. Que la mayoría de mis familiares y amigos accedieran a partir conmigo. Que nadie me vigilara y pudiera sentirme libre.

—Eso no es un exilio. El exilio es como una pequeña muerte. Es arrancar a alguien, de tajo, de lo que más quiere. Acabar con sus sueños y sus planes.

—Usted preguntó y yo respondí. No puede estar en desacuerdo con mis deseos. Ahora responda, si usted fuera París, ¿qué desearía?

—Si yo fuera París desearía tener de regreso al gran Napoleón Bonaparte.

—Es incorregible, querido *Boney* —le dice, a sabiendas de que el Emperador odia ese apodo inventado por los ingleses.

—Dígame de una vez, ¿qué demonios significa *Boney?*

—Literalmente, huesudo o flaco… que no es precisamente su caso —se burla, esquivando un pellizco que el general pretendía darle en la nariz—. Escrito de otra manera, bonito o rollizo —agrega—. En realidad, sólo es un diminutivo de Bonaparte.

—Mis enemigos en Francia también se han encargado de jugar con mi apellido: me llaman *Bon-á-part* o *Bon-á-rien*[2] —afirma el general, divertido.

—Mejor dígame, ¿cómo es París?

—Es una ciudad deslumbrante. Abierta. Luminosa. Acariciada por un río: el Sena. Con muchos jardines públicos, llena de vida. Cuando llegué de Córcega, muy joven, me hospedé en un pequeño hotel, el Cherburgo, en la calle de Faubourg-Saint-Honoré, y lo que más disfrutaba era caminar. Caminaba todo el día; es la única manera de conocer verdaderamente cualquier lugar.

—Algún día conoceré París: es una de mis metas.

—Gracias a mí, hubiera sido la ciudad más bella del mundo.

—¿Por qué?

—Le preparé un futuro brillante. Si bien los grandes edificios y palacios son muy bellos, las casas particulares no siguen ningún orden ni uniformidad. En los barrios pobres todo está encimado. Muchas callejuelas están llenas de lodo y de inmundicias. ¡Imagine el olor: insoportable! Yo, que para eso soy muy delicado, mandé construir desagües y ordené que las calles tuvieran un poco más de altura en el centro, para que el agua escurriera a los

---

[2] Bueno-para-nada.

lados, hacia unas cunetas. Construí aceras en las avenidas principales, mandé instalar más farolas para la iluminación nocturna, puse placas con los nombres de las calles y numeré todas las entradas de los inmuebles. Mandé excavar el canal del Ourcq y construir nuevas fuentes, con agua gratuita, para las necesidades de los parisinos... Pero temo que el cobarde de Luis XVIII no haya continuado mis planes. ¡Es un pobre tonto más de una dinastía de imbéciles!

—Cuando salga de aquí, podríamos ir juntos. ¿No? Sería un privilegio conocer París a su lado.

—Sueñe, sueñe querida —responde, con la mirada clavada en el mar profundo que lo separa del continente con mayor fuerza que el más ancho y alto de los muros—. Sería bello que paseáramos por la calle de Rivoli: la mandé abrir e hice que construyeran unas arcadas llenas de armonía para caminar. Le enseñaría la columna Vendôme, con una estatua de César hasta arriba. La erigí en memoria de la batalla de Austerlitz, con el bronce que mandé fundir de mil doscientos cañones enemigos. Podríamos ir a la *rue* Saint-Niçaise; tiene un especial significado para mí, pues ahí sobreviví al primer intento de asesinato.

—Creo que no me gustaría conocer ese lugar.

—Es como cualquier otro. *Bon*, entonces podríamos pasear cerca del *Palais des Tuileries*, en ese lugar viví durante mucho tiempo, pero creo que nunca lo observé detenidamente desde afuera. O caminaríamos por el *Jardin des Plantes*... aunque lo mejor sería hacerlo por la orilla del Sena y ver el atardecer, cientos de atardeceres.

—Recordaríamos nuestras pláticas en Santa Helena como si hubieran pasado años atrás. Nadie lo reconocería, seríamos libres y haríamos lo que quisiéramos.

—¿Qué *quisiéramos*? —pregunta Bonaparte, a punto de rozar los delicados dedos de la adolescente.

Miss Betsy cierra los ojos antes de contestar, pero de pronto, sin un ladrido de advertencia, el perro de los Bertrand, enorme y juguetón, le salta por detrás. Cuando siente las grandes patas sobre su espalda lanza un agudo grito y comienza a llorar.

—¿Y esas lágrimas? —pregunta el Emperador, conteniendo la risa, mientras le da unas palmadas a *Sambo* en la cabeza.

—Son de coraje. Me enoja asustarme. Me asusta asustarme —*Sambo* se acerca otra vez a miss Betsy y lame su mano, como si le estuviera ofreciendo una disculpa. Ella acaricia un largo rato su pelaje blanco, apenas manchado de marrón.

—Un día, en la campaña de Italia, en medio de un terrible espectáculo de hombres y caballos heridos, mutilados, vi a un perro muy parecido a *Sambo*. Estaba aullando al lado de su amo muerto. Lamía su cara ensangrentada y nos veía, con mirada de súplica, pidiendo ayuda. Sus aullidos eran realmente dolorosos. Jamás nada, en ninguno de mis campos de batalla me causó una impresión semejante. ¡Lo que es el hombre y el misterio de sus impresiones!

—¿Por qué lo dice?

—Yo había ordenado, sin la menor emoción, batallas y batallas; había visto, impávido, ejecutar maniobras que suponían la pérdida de una porción de nuestros hombres y, sin embargo, bastaron los aullidos y el dolor de un perro para conmoverme y sacudirme.

—Lo repite mi padre todo el tiempo: uno nunca sabe cómo va a reaccionar. Este pobre perro, que no es capaz ni de matar un insecto, me asustó muchísimo. ¡Cómo se hubiera burlado Jane de mí!

—Control, miss Betsy, hay que tener control ante todo. La serenidad nunca debe abandonarla y, si la abandona, no lo demuestre: debe ser una gran actriz.

El viento comienza a soplar con más fuerza, pareciera que tiene celos de esa pareja que disfruta, como pocas, una conversación sencilla, fresca.

Bonaparte y Elisabeth se levantan y caminan hacia la mansión de Longwood. A lo lejos pueden ver cómo se iluminan, poco a poco, las diferentes ventanas. El cañón de los ingleses estalla, marcando las seis de la tarde. El particular sonido de miles de grillos hace que el terreno parezca vivo. Comienza a oscurecer y, tal vez por eso, porque cree que nadie puede verlos, miss Betsy se atreve a tomar la mano del Emperador. Sólo los dedos, apretándolos levemente. Es un roce tan sutil que el narrador apenas lo nota.

Su Majestad no voltea, no detiene su marcha ni dice nada pero sus labios, que sonríen, y sus ojos, que arden, traicionan un profundo deseo. Un deseo tan grande y callado que se transforma en miles de deseos. Deseos amenazantes como la Hidra, ese monstruo mitológico que atormentaba a los habitantes de Argos con sus nueve cabezas. Napoleón sabe que al cortarle una de sus cabezas, crecen dos en su lugar. Aun así, trata de esconder el deseo que se despertó súbitamente la noche en que conoció a Elisabeth Balcombe.

Capítulo 3.

El tratado de Tilsit (o de la estrategia militar y de vida)

Sólo la prudencia y la habilidad conducen a grandes resultados. De la victoria a la derrota no hay sino un solo paso. Con mucha frecuencia he visto que una minucia decide las grandes cosas.

NAPOLEÓN

Todo es sentido común, nada es ideológico.

NAPOLEÓN

Miss Betsy desciende del carruaje y acaricia a uno de los caballos, en señal de agradecimiento.

Hoy llega acompañada por madame De Bertrand, quien a veces logra que el General la acepte como chaperona. La adolescente observa varias lagartijas enormes tomando el sol en el jardín del Emperador. Únicamente mueven los ojos y le dan la bienvenida.

Desde la entrada de Longwood, a través de los visillos de muselina de la veranda, se escucha la voz de Bonaparte. Está dictando y el flujo de palabras que no puede detenerse le produce una energía muy especial. Habla cada vez más rápido, como si una fuerza extraña lo inspirara y empujara las palabras fuera de su boca:

—…la marcha de la armada, al salir de Moscú, no debe ser llamada una retirada, pues esa armada era victoriosa. Mi ejército no se retiró hacia Smolensk porque hubiera sido derrotado, sino para pasar el invierno en Polonia y regresar a San Petersburgo en la primavera. Eso debe quedar muy claro…

Madame De Bertrand y miss Betsy se detienen para escuchar. Aumenta el volumen de su voz, fechas, lugares, nombres, datos. Salta de un tema a otro, nada lo detiene.

—¿…quieren saber en dónde están mis riquezas escondidas? Son inmensas, lo acepto, pero están a la vista de todos. Anota: el canal de Anvers, las obras hidráulicas de Dunkerque, Havre y Niza, las obras marítimas de Venecia, los puentes de Iena, Austerlitz, la unión del mar de Holanda con el Mediterráneo a través del canal de Doubs, los pasajes de Simplon y de…

Los dictados se convertían en una necesidad frenética. Hay que dejar papeles para hacer historia, muchos papeles, repetía al comenzar su trabajo.

En realidad, el Emperador pensaba que los recuerdos jamás debían expresarse en voz alta: las palabras hacen demasiado ruido, sobre todo las de un texto que se concibe como póstumo. Pero sabía reconocer sus fallas: Bonaparte escribía demasiado lento y muy mal. Trazos que ni él entendía. Su mano no podía seguir las ideas, que le llegaban con demasiada rapidez. Los caracteres resultaban torpes, incompletos. Rompía y tiraba muchos de sus escritos al fuego. Volvía a escribir y a romper varias veces.

—…el restablecimiento de la industria manufacturera de Lyon, el embellecimiento de París y de Roma, la reconstrucción de la mayoría de las iglesias destruidas durante la Revolución. El código civil, el código penal, el código de comercio… ¡Esto es lo que forma un tesoro de varios millones que durará muchos siglos! ¡Éstos son los monumentos que confrontarán la calumnia!

La mujer y la adolescente lo observan desde la puerta. La pluma de monsieur Las Cases, quien toma el dictado, es hábil y rápida. El Gran Corso se pasea de un lado a otro de la habitación, con la cabeza hacia abajo y las manos detrás de la espalda.

Los músculos de su rostro están en tensión; la boca contraída. Se detiene y pide el papel: quiere revisar lo que acaba de decir. Extiende la mano y Las Cases le pasa la pluma de oca. Napoleón no la toma, sigue con la mano extendida. Ese hombre ya debería saber que prefiere el lápiz; mojar la pluma en tinta es una pérdida de tiempo, además de que mancha las manos. Tacha unas líneas y agrega otras palabras. En ese momento voltea hacia las mujeres y explica:

—No se puede ceder ante la mediocridad. Si algo no ha quedado bien, debemos repetirlo. Rousseau reescribió siete veces su *Nueva Eloísa*. Pero pasen, pasen. En un instante estaré con ustedes. Eso, siempre y cuando *madame* tenga algo que tratar conmigo, de lo contrario, mi querida Fanny, estoy seguro que miss Betsy no tendrá problema alguno en quedarse a solas con este hombre viejo.

Madame De Bertrand sale, ante el silencio de la adolescente. Ella permanece sentada para no estorbar el caminar obsesivo y nervioso del Emperador. No cabe duda de que por algo siempre está aquí, piensa al observar la habitación. Es la más amplia de la mansión y la que mejor iluminación tiene, gracias a cinco ventanales. El reloj de oro de Rivoli marca tediosamente el tiempo. En los libreros se amontonan algunos de los tres mil ejemplares que componen su biblioteca personal. *La Ilíada*, *La Eneida* y una obra sobre el pasaje de Aníbal por los Alpes, en primer lugar. A su lado, el *Edipo* de Sófocles y el *Cromwell* de Hume. Más allá, sobre una pared, un grabado de *Los adioses de Fontainebleau* intenta decorar un poco. Hay otras pinturas con soldados del ejército de Italia y escenas de la vida cotidiana. Sobre la mesa de billar de cinco buchacas, miss Betsy alcanza a ver dos atlas con algunos trazos y cálculos del Emperador y un mapa viejo lleno de alfileres, rojos representando a los ingleses y negros, a los franceses.

Cuando Napoleón se acerca, Elisabeth le tiende la botella de vino y un paquete. El hombre lo abre y revisa su contenido. Hay varios periódicos ingleses con caricaturas del terrible ogro galo, algunos libelos y una caja color rojo. Las Cases se retira haciendo una discreta reverencia.

—¿Más libelos? ¿No se cansan acaso? —pregunta el exiliado extendiendo la mano para ver el nuevo libro sobre su vida. Lee en voz alta—: *La historia secreta del gabinete de Bonaparte*, por un tal Goldsmith.

—Ríase de ellos.

—Eso hago, *ma petite étourdie* —responde, hojeando el ejemplar y deteniéndose unos minutos en el prólogo—. ¡Jesús, Jesús! —suelta una sonora carcajada—. Ahora resulta que soy asesino, incestuoso y violador. ¡Bah! —avienta el libro al otro lado del salón—. De los libelos no quedará una sola huella, en cambio mis monumentos e instituciones me recomendarán a la posteridad más lejana... ¿Y esto? —pregunta, tomando entre sus manos la caja roja.

—Es un juego que está de moda en Europa y es lo que vamos a hacer hoy por la tarde: jugar —le explica Elisabeth, ayudando a abrir el estuche.

Adentro hay una especie de tablero que se extiende de manera vertical y una pequeña imagen del Emperador. El muñeco sube, automáticamente, por una escalera. Cada piso es un país vencido. El

Pequeño Caporal sigue su recorrido hasta la cima, pero una vez que llega hasta arriba del extraño globo terráqueo, un mecanismo lo hace caer en Santa Helena. La isla está pintada de púrpura. Ambos ríen. Las carcajadas del Emperador suenan por toda la casa.

Napoleón comienza a mover su muñeco a lo largo del tablero sin respetar el mecanismo ni las reglas. Se declara ganador de las batallas ganadas… y también de las perdidas. Waterloo se convierte en un triunfo para la Gran Armada francesa. Miss Betsy reclama sus trampas y trata de arrebatarle la pequeña figura imperial, pero Bonaparte la afianza con fuerza mientras intenta borrar a Santa Helena del mapa.

Entonces, miss Betsy se levanta de un salto y, sin previo aviso, se apodera de una de las espadas del general. Al ponerla contra su pecho, con la punta al lado de una condecoración, le dice de manera valiente y ceremoniosa:

—Ahora sí más vale que comience a rezar, que pronuncie sus últimas oraciones, pues estoy dispuesta a matarlo. Me convertiré en la mayor heroína de la historia.

—¡La Juana de Arco de los ingleses! —dice él, señalando hacia la puerta. Con ese truco, logra escapar.

—¿Cuál Juana de Arco? ¿En dónde? —pregunta, volteando hacia todos lados.

—Querida niña, tiene que aprender mucho del arte de la guerra. Una de las primeras reglas es que nunca debe distraerse y jamás puede caer en las trampas del enemigo —miss Betsy recarga la espada contra la pared. Es demasiado pesada para manipularla durante un rato largo. Napoleón toma la hoja de acero para acariciar los grabados de diversos aspectos de la batalla de Austerlitz. La empuñadura es de caparazón de tortuga, con incrustaciones de abejas de oro.

—No pienso ir a ninguna guerra.

—El arte de la guerra es, también, el arte de vivir —responde el Emperador, envainando su espada y dirigiéndose hacia un canapé de patas doradas que terminan en garras, de león o de alguna otra bestia. Con la mano derecha y un gesto de su rostro, le pide a Elisabeth que se siente a su lado.

—¿Por ejemplo? —cuestiona Betsy, acomodándose junto a él.

—Uno de los consejos que siempre daba a los míos es que nunca le otorgaran a nadie la totalidad de su confianza.

—¿Me está diciendo que no debo confiar en usted? —pregunta, alejándose de su amigo al sentarse al otro extremo del canapé y sonriendo maliciosamente.

—No por completo —dice él, acercándose para susurrarle al oído—. ¿Quiere oír más consejos?

—Bueno —acepta, presintiendo que el día de hoy escuchará un interminable monólogo imperial.

—La verdadera política no es otra cosa que el cálculo de las combinaciones y probabilidades, pero sólo hay que calcular los detalles y vivir preparado para los imprevistos y las circunstancias; estar abierto a los cambios. Usted, como todos los demás, debe estar preparada para los cambios y tiene que aprender a calcular sus posibilidades. También es necesario tener imaginación, energía y valor moral. Actuar con decisión, ambición y voluntad de dominio. ¿Es cierto o no que son consejos que le servirían, querida niña, para su vida cotidiana?

—Sí—dice ella dubitativa, levantándose para conservar la distancia necesaria para una plática seria. Se acomoda frente a su amigo, en un sillón estilo imperio, de cedro oscuro y seda. A veces el Emperador tiene una contagiosa actitud de colegial. Otras, como hoy, más bien parece un tedioso maestro que no deja de aleccionarla con cansados discursos. ¡Y ella que tenía ganas de jugar!

—Mire, usted que es muy joven, si desea lograr algo grande de su vida debe entregarse plenamente, luchar sin condiciones por alcanzar su meta y aprovechar el tiempo. La estrategia es la ciencia del empleo del tiempo y del espacio. Yo soy menos avaro con el espacio, puesto que siempre se puede recuperar, en cambio el tiempo perdido, jamás. Además, tiene que estudiar a dónde quiere llegar y cómo. Su mejor amigo en este camino es el análisis: primero la teoría, después la práctica. ¿Sabe cuáles son sus metas?

—¿Mis metas? —se cuestiona la adolescente, tratando de encontrar una respuesta madura y sólida para impresionar a su interlocutor. Quería estar a la altura de sus expectativas pero, ante la impaciencia mostrada por Napoleón, dice lo primero que se le viene a la mente—. Mis metas son simples: desearía regresar a Londres, casarme, tener hijos. Las metas de Su Majestad han sido ambiciosas, lo que busca es el poder, todos lo saben.

Napoleón camina por la habitación. Gracias a las velas de los candelabros de plata, la sombra que proyecta su cuerpo se mueve de una pared hacia la otra, escurridiza. Sus pasos provocan que el piso de madera cruja siempre en la misma zona.

—Amo el poder, cierto, pero lo quiero como artista. Lo amo como un músico ama a su violín. Lo amo para sacarle sonidos, acordes, armonía… lo amo como artista ya que me he dado cuenta de que el gusto por el poder fue lo que corrompió a mis hombres. ¡Si ahora regresara al poder, después de la sabiduría y el conocimiento que he adquirido tras años a la cabeza de Francia, podría hacer tantas cosas!

—Todavía tiene muchas tentaciones. Tendré que decírselo al gobernador para que lo vigile más de cerca… —amenaza, bromeando.

—Corra a acusarme, pues cuando yo decido algo, lo consigo y no tolero oposición alguna. Soy de una obstinación inflexible. Pero vamos, olvidemos mis planes de evasión y regresemos al tema. Por el momento no he pensado en la mejor forma de huir, pero lo que sí me importa, y mucho, es que me escuche, Elisabeth. Sería bello que convirtiera su vida en una obra de arte.

—¿Qué debo hacer, entonces? —pregunta, resignada.

—No busque la felicidad; el esposo y los hijos llegarán solos… busque la gloria. Cuide y alimente su imaginación. La vida no es más que imaginación y el universo le pertenece a los fabricantes de milagros. Yo llegué a ser Emperador, pues no veía nada en mi destino más que el deseo casi feroz de llegar a ser el primero. No sólo igualar sino superar a Carlomagno, Federico el Grande, Alejandro Magno y César se convirtió en mi sueño: es necesario tener ideas brillantes y atrevidas.

—Me dice que hay que imitar y superar modelos establecidos, pero ¿a quién podría copiar yo, una niña? Mi madre no confía en mis ideas brillantes. Mi padre castiga mis ideas atrevidas.

—No les declare la guerra, pero tampoco les haga caso. Es muy importante que aprenda a conocer el corazón humano, sobre todo el propio; nadie me conoce mejor que yo. Hay que saber observar y calcular. ¡Ah! También hay algo que usted ya posee: el don de preguntar —miss Betsy ríe, pensando que Napoleón se burla de ella—. Lo digo en serio. Es el primer paso para obtener conocimiento. El por qué y el cómo son preguntas tan útiles que jamás se formulan con suficiente frecuencia. Yo continuamente me estoy interrogando sobre mí mismo, sobre mi propia identidad, pero también sobre infinidad de temas. Las respuestas pueden estar en los libros, por eso leo tanto, pero otras están afuera, en el mundo.

—A veces creo que lee demasiado y olvida al mundo de afuera.

—En Santa Helena, para mí no hay mundo de afuera. Ya ve usted que Lowe ni siquiera me permitió asistir a las carreras de caballos en Deadwood la semana pasada. Tuve que conformarme con observarlas a través de mis gemelos. ¡Tampoco ha dado la autorización para que alguien venga a afinar mi piano! Por eso los libros han sido siempre mis mejores compañeros. Usted debería leer a menudo y meditar sobre la historia; es la única filosofía verdadera.

—Leo, lo juro, pero mi memoria es pésima. Hay días en que, por la noche, ya he olvidado lo que leí en la mañana.

—La memoria, como cualquier músculo de nuestro cuerpo, debe ejercitarse. Yo me considero afortunado: nací con una memoria privilegiada. Es como un mueble lleno de cajones. Cuando quiero interrumpir un asunto, cierro un cajón y abro el correspondiente a otro tema. Jamás se mezclan y jamás me incomodan ni fatigan. ¿Que quiero dormir? Pues cierro los cajones y me quedo dormido. ¿Usted sabía que en mis campañas conocía los nombres de los oficiales de todos los regimientos, los lugares donde habían sido reclutados y sus logros más importantes? Siempre supe exaltar en mis hombres el amor a la gloria y obligar a mis generales a que hicieran lo mismo. Cuando las tropas se desmoralizan, es deber de los comandantes y oficiales restaurar su moral o morir dando el ejemplo.

Miss Betsy se levanta y se dirige hacia la mesa de billar, que ocupa el centro del salón. Toma la única bola que encuentra y juega con ella aventándola de una de sus manos a la otra, varias veces. El Emperador no acostumbraba jugar billar, así que las otras bolas se han perdido o están guardadas en algún lugar, esperando a que alguien las utilice.

—Pero… a ver, dígame, ¿cuál cree que sea realmente la razón de su éxito? ¿Cómo le hizo para conseguir lo que consiguió? ¿Cómo voy a hacerle yo para obtener lo que deseo, una vez que lo sepa?

—Creo que mi gran talento, lo que más me distinguía, fue haber visto todo con mucha claridad. Podía ver el fondo de las cuestiones bajo todas las facetas. Lo perpendicular es más corto que lo oblicuo, *mademoiselle*. Además, entendí que en la guerra todo es moral. Siempre exageré mis fuerzas, las hacía parecer formidables. Duplicaba o triplicaba el número real de mis tropas mientras que, al hablar del enemigo, los reducía a la mitad. ¡Imagínese, en Alemania, los austriacos tenían treinta y siete mil hombres y nosotros sólo diecisiete mil! Igual que Aníbal frente al ejército romano. Con esa superioridad de caballería, los franceses no deberíamos haber pasado el Rin jamás. Rara vez desenvainé mi espada, ganaba las batallas con mis ojos, con la imaginación y no con mis armas. Siempre obligué a los acontecimientos a volverse a mi favor. Excepto, tal vez, en Waterloo.

Las venas de su frente se marcan y los surcos que tiene a ambos lados de la boca se profundizan. Parece que ya no está en Santa Helena sino a muchísimas leguas de distancia, en algún lugar de Bélgica escuchando cañones, gritos, mientras piensa si no será mejor ordenar la retirada.

—¿Y cómo es posible que estos trucos…

—Estrategias —la interrumpe, volviendo a la realidad.

—…que estas estrategias no las conocieran, de memoria, sus enemigos? —dice miss Betsy, con la bola blanca todavía entre las manos.

—No lo sé. Tal vez los generales de otras naciones pensaban que era suficiente estudiar en la mejor escuela militar, tener experiencia. No se dieron cuenta de que así siempre serían vencidos por un estratega improvisado, capaz de ver frente a sí los hechos, sin violentarlos con la teoría.

—En fin —suspira miss Betsy, preparándose a cambiar el tema.

—En fin —repite Napoleón—. ¿No podría dejar en paz esa bola? Ya me puso nervioso.

—Es parte de mi estrategia —afirma sonriendo. Ahora avienta la bola hacia el techo y la atrapa con sus dos manos. El Gran Corso se levanta y, antes de que la pequeña pueda reaccionar, le quita la bola blanca con un simple y rápido movimiento de su brazo.

—El arte de la guerra... —dice el Emperador, guardando la bola en un cajón.

—...y de la vida. ¿O no se trata de eso, de que me enseñe a vivir la vida?

—...y de la vida —acepta el maestro—, consiste en aprovechar el momento oportuno. Es como todo lo que es bello y simple: los movimientos más sencillos son los mejores.

Miss Betsy comienza a fatigarse. Ha escuchado, de Montholon y Bertrand, que a veces el Emperador habla durante cinco horas ignorando por completo a su interlocutor. Ella no está dispuesta a ser como un mueble más de Longwood. Decide, entonces, llevar la conversación hacia sus intereses personales:

—Dígame, *Sire*, ¿usted cree en el destino?

—¿A qué hablar de destino? Escúcheme bien, pequeña Betsy: el destino es la política.

—Todo está escrito, hasta la política, hasta las palabras que usted me ha dicho. Dios lo dirige y lo sabe todo. Nadie, ni siquiera Su Majestad Imperial, el gran conquistador Napoleón Bonaparte, puede escapar de su destino.

—En eso tiene razón... tal vez. El hombre valeroso desprecia el porvenir, pero siempre he tenido una sutil sensación de que hay una Providencia y yo sólo soy su instrumento: un hombre destinado a brillar para alumbrar las tinieblas de nuestra época. Ya desde mi adolescencia sospechaba que estaba destinado a acciones que el mundo no podía sospechar, por lo tanto…

—*Sire*—lo interrumpe súbitamente, levantándose fastidiada—, perdone, pero hoy no puedo quedarme mucho tiempo. Hemos sido invitados a un baile de máscaras en Jamestown y debo retirarme.

—Está bien —contesta Su Alteza, ensimismado—. Hasta la próxima semana. Sea sabia y pórtese como le dicte su conciencia o, mejor dicho, como lo decida el destino. Y no se le olvide fijarse bien en el baile, me encantará que me lo cuente todo el próximo viernes: quiénes fueron, con quién bailó cada cual, cómo iban vestidas las mujeres. Memorice cada detalle, *ma petite*.

Ella acepta, sonriendo por esa curiosidad infatigable de su amigo. Le da risa que quiera saberlo todo: la información más profunda, pero también los chismes del pueblo.

Cuando la adolescente sale, llevándose el aire de frescura que siempre la acompaña, Napoleón reconoce que siente celos de los jóvenes oficiales que, hoy por la noche, podrán tocar la breve cintura de miss Betsy, sus manos enguantadas y percibir el perfume que de su piel emana. Acepta que ellos tienen una gran ventaja: su edad. En los campos de batalla se envejece y yo vengo de ellos, piensa, resignado.

El General sabe que la suerte de una batalla es el resultado de un instante, de un pensamiento. Se acerca uno al enemigo con arreglo a un plan determinado, las tropas se mezclan, luchan durante cierto tiempo, el momento decisivo se presenta de pronto, brota una chispa de inspiración y la reserva más insignificante lleva a cabo el resto. Pero hay batallas que se pierden de antemano, como la que podría llevarlo a tener a Elisabeth permanentemente a su lado. Amándola, amándolo, amándose. Es una meta dulce pero imposible ante la que no cabe un proyecto minuciosamente preparado ni una genial improvisación.

En la guerra, lo ha dicho cien veces, hay que apoyarse en los obstáculos para poderlos superar. ¿Qué hacer frente a esta niña sin obstáculos? ¿Qué ofrecerle si de él ya no queda nada? ¿Dónde esconder su deseo contenido?

Napoleón no puede ocultar que cada visita de miss Betsy, por una razón u otra, le arranca costras y le despierta escenas dolorosas que no se atreve a invocar a solas. Cuando dicta, todas las mañanas, sabe muy bien que está manipulando sus recuerdos; los acomoda de acuerdo con la idea que quiere eternizar, con la imagen de su glorioso pasado y de su persona que desea que el mundo conserve. Pero esa chiquilla proyecta un magnetismo inexplicable que lo obliga a ser sincero, en voz alta o dentro de su pensamiento. No le importa que su memoria sangre semana a semana, lo esencial es estar con ella: verse en sus ojos y recrearse en su figura, perderse en su aroma enervante y en la seriedad juguetona de su mirada.

Una vez en su habitación, ya que Ali apaga la luz del último quinqué, el General se siente más solo que nunca desde que llegó a Santa Helena.

Segundas notas del narrador

¿Cómo hacen los historiadores para reencontrar los hechos, para poder conversar directamente con sus objetos de estudio?

Una novela con personajes de la vida real implica muchos problemas. Por ejemplo, acabo de leer en alguno de mis libros de consulta que Elisabeth Balcombe contrajo nupcias en 1844. Hago la cuenta: si nació en 1802, tenía 42 años al casarse. En esa época las mujeres entraban a la vida matrimonial muy jóvenes. Hay algo mal. ¿Tengo que confiar en la fuente? ¿Debo ignorar el poder de la historia, de lo que supuestamente sí sucedió?

Lo peor es que este dato invalida mi prólogo. En 1840, año en que el Príncipe de Joinville se encargó de regresar el cuerpo de Napoleón a París, el año de su grandioso entierro en Los Inválidos, miss Betsy seguía soltera. Voy hacia atrás, a las primeras páginas de mi texto. ¿Cómo lo modifico? ¿Elimino el prólogo de tajo? De pronto, pienso que he encontrado más información contradictoria. Un solo ejemplo: hay autores que ni siquiera se ponen de acuerdo en la fecha de la muerte del Gran Corso. Una enciclopedia dice que falleció el 6 al amanecer, la mayoría la marcan el 5 de mayo, pero algunos libros señalan que fue el 9. Otra vez tengo dudas: ¿me inclino por el 9, ya que coincide con mi cumpleaños, o es imprescindible respetar la objetividad histórica?

Pongo un disco que podría ayudarme o, al menos, tranquilizarme: *Napoleón I, música del Primer Imperio*. Hay algo de Carl Maria von Weber, Paganini, Méhul, Cherubini y, obviamente, Beethoven con su famosa sinfonía número 3. Yo sabía que el compositor le había dedicado la pieza al Emperador y después, al enterarse que Napoleón se había coronado, retiró la dedicatoria. Lo que no sabía es que se la volvió a dedicar como homenaje a la dignidad con la que asumió su soledad de vencido.

Volteo hacia la derecha. Una copia de la máscara mortuoria de mi personaje descansa frente a mí, sobre la mesa de trabajo. Está patinada en bronce, de tamaño natural. Toco el rostro del Emperador Inmortal. Sus pómulos son muy obvios. Tenía ya más huesos que piel. Su nariz se ve grande, pero fina. Sus labios, extremadamente delgados. Lo que más me impresiona es tenerlo tan cerca y presentir una gran paz. Mis manos quedan manchadas de muerte añeja. No es fácil acostumbrarse a escribir frente a los ojos cerrados de un hombre que dejó de existir hace muchos años, pero cuyos pómulos puedo tocar con tan sólo estirar la mano.

Sigo escuchando los sonidos suaves de los violines y vuelvo a preguntarme: ¿qué tanto debe respetarse la objetividad histórica, suponiendo que ésta exista? ¿Cambio el prólogo?

De alguna manera la música me impulsa a revisar un ejemplar atrasado de esa revista francesa que publicó un reportaje especial de Napoleón Bonaparte, con motivo del bicentenario de su coronación. Encuentro un dato alentador: Elisabeth Balcombe se casó con un señor Abell en 1832. Tuvieron una hija, Laetitia, de la que ya nada se supo. También me queda claro que Napoleón murió el 5 pero fue el 9 cuando lo enterraron en su pequeña isla perdida. Miss Betsy lo sobrevivió cincuenta años. Puedo dejar el texto tal como está.

Además de la ayuda del sonido de las trompetas, Su Alteza ilumina un poco mis dudas cuando me dice, al oído: "Las genuinas verdades son difíciles de obtener en historia. Demasiado a menudo la verdad histórica, tan reclamada y que todos están ansiosos de invocar, es sólo una palabra. No puede existir ni siquiera en el momento en que ocurren los hechos, en el calor de las pasiones en conflicto. ¿Qué es, entonces, la verdad histórica? Una fábula sobre la que se está de acuerdo, como enunció muy acertadamente Voltaire."

De pronto me pregunto si será necesario volver a recorrer sus lugares. ¿Ayudaría ver, muy de cerca, sus objetos, los palacios que habitó, su letra? ¿El paisaje que vio, la hostería en la que comió, el gobelino que vio antes de dormir, sus camas? Para ir a París no se necesita excusa, pienso; volver es una necesidad.

Voy, entonces, y mi viaje resulta en un torrente de recuerdos ajenos que poco a poco se adhieren a mi cuerpo hasta hacerse míos. La mayoría de las calles, esquinas, edificios, paisajes o monumentos huelen y saben a Napoleón.

No puedo evitar comer en el restaurante *Au Grand Véfour*, antes llamado *Café des Chartres*, en Palais-Royal, y pedir la mesa que tiene su nombre. Ahí almorzaban Josefina y Napoleón con frecuencia. No ordeno postre; me reservo para los chocolates *Debauve & Gallais*, en la calle des Saints-Pères, proveedores oficiales del Emperador. Todavía usan la receta original, con almendras, que degustaba Bonaparte. En la Place Vendôme paso por la tienda *Breguet*, donde el Emperador compró algunos relojes, y por *Chaumet*, la casa en la que mandó hacer su espada ceremonial. En la Place des Victoires aún está la marca *Prelle*, fabricantes de seda desde 1752 y decoradores de las residencias reales.

Trato de encontrar los lugares en los que se hospedó en 1785, recién llegado de Córcega para continuar sus estudios en la capital francesa: los hoteles Cherburgo, de la Liberté y du Cadran Bleu con sus ventanas hacia el Sena. Lo imagino caminando, cuando nadie lo conocía, por los jardines de Las Tullerías, el Campo de Marte y el muelle de los Celestinos.

Por la noche ceno en el restaurante *Le Procope*, que data de 1686. En la época del joven oficial Buonaparte no se servían comidas pero acudía a tomar una copa, un aperitivo o, cuando hacía calor, un sorbete de su sabor favorito.

En las pequeñas callejuelas de la *Rive Gauche* no puedo dejar de notar la gran cantidad de librerías y tiendas de antigüedades que todavía venden objetos del Emperador: cartas con su firma, medallas auténticas de la Legión de Honor, monedas con su perfil y otros objetos de la vida cotidiana.

Los museos, sobre todo el Louvre y el del Ejército, están plagados de mi personaje. Paso tardes enteras, con una libreta en la mano, observando retratos, joyas, objetos decorativos, el servicio de té hecho por *Biennais*, vajillas, jarrones con motivos

egipcios o griegos, tabaqueras y tapices. Cubiertos
de plata y servilletas de lino. Todo con la N de
Napoleón, el águila imperial o sus distintivas abejas. Espadas, sables, fusiles, pistolas, cañones, banderas francesas y enemigas, sombreros, abrigos,
uniformes (realmente era un hombre de pequeña
estatura, se calcula que no medía más de 1.68).

Hay varias cosas que se convierten en mis favoritas: una estatuilla en bronce de Napoleón desnudo; su estuche de esmalte y madera con artículos
de baño: muchos pomos de cristal vacíos, tijeras de
diversas formas, un espejo, navajas e instrumentos
que nunca había visto y, por lo tanto, no pude reconocer; su abrigo de Marengo, que también es
impresionante, pero todavía más lo es su máscara
mortuoria.

Casi al final, el museo me reserva una sorpresa: la recámara del Emperador tal como estaba el
día de su muerte. El mismo tapiz, el retrato de su
hijo. Su pequeña cama de campaña, cubierta por
algunas telas que imitan un techo. Sobre los pocos
muebles, la ropa blanca que traía puesta cuando
dio su último suspiro.

Me despiden, con ojos inexpresivos, su caballo disecado y un perro lanudo y blanco que lo
acompañaba en Elba.

Antes de regresar a México, me instalo una
mañana completa en Los Inválidos. A diferencia
de otros lugares, no hay mucho que estudiar, pero
saber que los restos de Bonaparte están ahí, tan cerca, me quita las fuerzas y las ganas de visitar otro
recinto o de distraerme en otro lugar. La primera
vez que visité este monumento fúnebre, odié los
aires de grandeza del Emperador por haber orde-

nado algo tan fastuoso, pero ahora sé que lo único que pidió Napoleón para sus restos, fue que lo enterraran "a un lado del Sena, en medio del pueblo francés que tanto amé". ¡Así que la grandiosidad de su última morada fue decisión del rey Louis-Philippe! De hecho, pocos días antes de morir, el Emperador externó sus deseos: ser enterrado en el cementerio Père-Lachaise, entre las tumbas de Massena y de Lefebvre, y que el general Bertrand le mandara hacer un pequeño monumento. Dejó claro que no quería reposar eternamente en Saint-Denis, en medio de los Borbones, pero otras opciones podían ser que lo pusieran en la isleta formada entre los ríos Rhône y Saône, cerca de Lyon o, finalmente, en Ajaccio, Córcega, dentro de la catedral de sus ancestros.

Ahora, bajo el enorme domo de Los Inválidos, me recargo sobre el muro que resguarda la morada del general Bertrand y no puedo dejar de pensar en el día que fueron a Santa Helena por su cuerpo y abrieron su féretro: el Emperador estaba intacto. Mientras el doctor Guillard regaba la tumba con cloruro y el Abad Coquereau lo hacía con agua bendita, varios testigos observaban sus manos, su piel… todo perfectamente conservado. Sólo la nariz estaba ligeramente maltratada. El cabello, su barba y las uñas habían crecido un poco, pero el uniforme se había mantenido muy bien, incluyendo su famoso sombrero bicornio y el cordón de la Legión de Honor. La mano izquierda, que el general Bertrand le había levantado en el último momento para besarla con reverencia, seguía sobre su muslo. ¿Cómo estará ahora, encerrado en cinco sarcófagos: de caoba, plomo, madera, hierro blanco y, finalmente, de pórfido rojo?[3]

---

[3] Las diversas fuentes consultadas no coinciden: algunas afirman que el último ataúd, aquel que pueden observar los turistas, es de pórfido rojo, y otras dicen que está hecho de cuarcita de Carélie. También hay versiones de que son seis y hasta siete féretros.

Capítulo 4.
La batalla de las Pirámides
(o de la religión)

Hay que ir al Oriente; todas las grandes glorias vienen de ahí.

NAPOLEÓN

El Emperador se despertó más tarde de lo acostumbrado. Había tenido pesadillas durante la noche, tal vez incitadas por la fuerte gripa y los accesos de fiebre. En la duermevela, inquieto, se movía de un lado al otro de su cama de campaña, provocando que las ruedas se balancearan y rechinaran. El sudor frío mojó su camisón blanco y el gorro de noche que no se quitaba ni en el clima cálido. Las medias negras son lo único seco de su atuendo nocturno.

Siente sed y toma uno de los vasos que la servidumbre deja todas las noches sobre la cómoda de la recámara, junto a una garrafa de plata y una azucarera: Napoleón acostumbra endulzar el agua.

Es viernes y sabe que Elisabeth llegará en cualquier momento. El despertador de plata de Federico II, el que se llevó de Potsdam, marca las dos de la tarde. Decide, entonces, ponerse ropa informal: su bata roja de casa y unas zapatillas color ocre. No se rasura, pero se muda de ropa interior respetando su costumbre de cambiársela al menos dos veces al día.

Mientras se presenta la señorita Balcombe, juega ajedrez con Charles-Tristan de Montholon. Es su contrincante favorito, ya que se deja ganar y, de todos, es quien más se divierte con sus trampas y los partidos sin reglas. Su Majestad se distrae con facilidad y hace que los peones se desplacen demasiado rápido. En el ajedrez nunca vio un juego estratégico sino un simple pasatiempo, una distracción igual que la cacería, el amor o algunos otros ocios como los bailes de máscaras y los paseos por las calles de París.

Miss Betsy llega retrasada. Lleva un vestido verde, bordado con encaje rosa y dorado. Napoleón la observa y está a punto de decirle que así eran las cortinas de su estudio en Saint Cloud, pero decide reservarse el comentario pues despreciaba la decoración de ese palacio: habitaciones de mujer entretenida, carentes de seriedad.

—*Bonjour, mademoiselle* —saluda monsieur De Montholon.

—*Bonjour, monsieur* —responde ella en perfecto francés, extendiendo la botella de vino hacia la mano servicial de Marchand.

Napoleón no saluda, va directo al grano.

—Hoy tengo algo que mostrarle —se levanta de su diván mientras Montholon sale sin despedirse.

Todos en Longwood saben que a Bonaparte le gusta disfrutar a miss Betsy sin compañía. A esa peculiar pareja poco le importa lo que se rumora en Santa Helena. De una bombonera que ocupa un espacio sobre la mesa de billar, el General saca un objeto verde intenso, verde alucinante.

—Éste es mi talismán —dice, mostrándoselo.

—¡Un escarabajo! —grita ella, emocionada—. Es bellísimo.

—De ahora en adelante será suyo. Ya no necesito objetos que me traigan buena suerte, sólo objetos que despierten mis recuerdos —dirige la vista hacia el óleo de su hijo que cuelga de una de las paredes de la habitación, cubriendo precisamente una mancha de salitre.

—Muchas gracias, *Sire* —dice miss Betsy conmovida, y acerca el animal de piedra hacia la luz que entra por la ventana. Al contacto con el sol, el escarabajo brilla con tonos lapislázuli. Desde ahí, la adolescente alcanza a ver las jaulas de bambú con los pinzones del Emperador, la foresta de Longwood, el peñasco negro y el cielo azul, que comienza a cubrirse con unas nubes pesadas y grises.

—Lo traje del lugar que me abrió las puertas del mundo: Egipto, mi aventura extraordinaria.

—¿Uno de sus viajes?

—Una de mis primeras campañas. Quería una expedición que sobrepasara, en grandeza, a la de Italia. Deseaba conquistar a ese pueblo, más que con las armas, con la espada luminosa del conocimiento. Las verdaderas conquistas, las que no dan remordimientos, *chère* Betsy, son las que se hacen sobre la ignorancia.

—Egipto. No me gustaría ir ahí.

—El tiempo que pasé en ese país llegó a ser el mejor de mi vida, porque fue ideal. La batalla de Abukir fue una de las más bellas que he visto, sin contar las de Austerlitz y Iena, claro. Además, me deshice del freno de una civilización molesta y pude descubrir los medios para realizar mis sueños.

—¡Cómo quisiera encontrar la forma de realizar los míos! Espero que no sea imprescindible ir a Egipto para conseguirlos.

—Cada quien encuentra su Oriente personal.

—¿Conoció un harem? ¿Tuvo muchas mujeres árabes? ¿Vio camellos de cerca? —pregunta con curiosidad infantil.

—No hay camellos en Egipto, eran dromedarios, y los veía tan cerca que los montaba. Era
más fácil hallar dromedarios que caballos. Además,
tienen una ventaja, su fortaleza física es impresionante: casi no comen ni beben. No hay que cuidar-
los tanto como a los caballos, pero su trote me producía unas terribles ganas de vomitar —responde,
ignorando las otras preguntas—. Le hubiera encantado acompañarme, niña linda, y haberme visto en
acción, convenciéndolos de que yo era el apóstol
de Mahoma encargado de restaurar la grandeza del
Islam. Me llamaban Sultán Kébir, que significa "padre del fuego", y eso me dio popularidad. Les dije
que el Nilo y yo cumplíamos una misión parecida:
inundar, sembrar, fertilizar y dar vida en pleno desierto.

—¿Realmente no hay agua en los desiertos?
—sigue haciendo preguntas de colegiala.

—No hay agua ni cultura, más que la de
su glorioso pasado. Yo fundé el Instituto Nacional y les llevé a ciento setenta sabios para que se
dedicaran a investigar sobre diversos temas: el
mejoramiento de la industria panificadora, la
confección de pólvora de cañón, la posibilidad
de hacer un canal entre el Mar Mediterráneo y
el Mar Rojo, hasta Suez… y mil otros asuntos
prioritarios. Yo era el vicepresidente del Instituto y miembro ilustre de la sección de matemáti-
cas —presume, como si hiciera falta—. Si quiere
saber más de ese país, le puedo prestar un libro
muy querido que me sirvió de guía: *Viaje a Egipto y Siria*, de Volney.

—No es necesario —responde Elisabeth—,
con lo que usted me cuente tengo suficiente.

Un viento ligero y cálido que entra por la ventana abierta parece traer consigo un poco de arena del desierto. Napoleón aspira como si pudiera captar el olor de su Egipto, como si todos los monumentos milenarios hubieran invadido la habitación isleña. Entonces quita los viejos mapas militares que descansan sobre la mesa de billar, algunos ejemplares atrasados del *Monitor*, su periódico favorito, y se sube al mueble. Haciendo mímica, saca la espada de su empuñadura y, levantándola hacia el techo, dice con voz enérgica y entusiasta:

—¡Soldados, desde lo alto de estas pirámides, cuarenta siglos os contemplan!

Miss Betsy aplaude y hace reverencias teatrales. Napoleón tropieza al tratar de bajar. Se lastima la pantorrilla,[4] al lado de su única cicatriz de guerra.

—Cuarenta siglos —repite el Emperador, apretando su vieja herida de lanza de bayoneta—. Ése era el problema; que el país se quedó en el pasado. Yo tenía que rescatar su auténtica magnificencia.

—¿Y eso cómo se logra?

—Con un gran aliado: la religión. Me convertí al Islam, prediqué la palabra de Alá, me ponía turbante y caftán cuando me presentaba ante las masas, aunque después Taillen logró convencerme que el vestuario no me favorecía —confiesa—. Utilicé el Corán, pues en ese libro sagrado está escrito que yo llegaría del Occidente para destruir a sus enemigos. Y era cierto: les quité de encima la mortal amenaza de los mamelucos, la milicia más temi-

---

4 Según Emmanuel de Las Cases, su herida estaba en el muslo derecho.

ble del Oriente. En más de veinte pasajes de su libro sagrado encontré que mi presencia ya había sido prevista. Todo está explicado ahí —dice, señalando uno de los libreros de la habitación—. También traté de que mis tropas se convirtieran en masa, pero los franceses aman tanto el alcohol que fue imposible.

—Precisamente: ustedes, los franceses, son católicos.

—Yo no soy "ustedes los franceses". Fui mahometano en Egipto; el chérif me llamaba el protector de la Santa Kaaba. Era católico en Francia; el Papa me consideraba su muy querido hijo, y sería protestante si viviera en Inglaterra. Su religión, miss Betsy, es la que más me convence, y si no convertí a Francia en un país luterano, se debió a razones políticas. Respeté los usos de los judíos y hasta convoqué, en París, a su Gran Consejo, el Sanedrín, que no se había reunido en años. Cuando muera, lo haré dentro de la religión católica, pero no por convicción, sino porque creo que eso será lo más conveniente para la moral pública.

—Pues a mí, cambiar de religión me parece un acto traicionero.

—Si se hace por intereses privados, estoy de acuerdo con usted, pero se justifica por la inmensidad de sus resultados políticos. Recuerde las palabras del rey Henri IV cuando se convirtió al catolicismo: "París bien vale una misa."

Miss Betsy observa varios objetos de culto en el armario abierto. Son los que utiliza el sacerdote que oficia la ceremonia dominical en el comedor del Emperador. Camina hacia ellos y los saca, uno a uno, viéndolos con interés pero sin decir nada. Parece tratar de que su silencio y las pequeñas manos acariciando el cáliz de esmalte y el crucifijo de plata y ébano tengan la suficiente fuerza para convencer a Napoleón de la existencia de un ser divino que todo lo puede.

—¿Acaso no es un hombre de fe católica?

—Escúcheme bien: es dudoso que Cristo haya existido nunca, pero es seguro que de él se puede sacar partido. Mi convicción íntima es que Jesús fue crucificado, como todo fanático que se tiene por un profeta. Soy hombre de fe en cuanto la religión me fue siempre útil para lograr mis propósitos, pues veo en ella una garantía de orden social. Me sirvió para apoyar la buena moral, los verdaderos principios y las buenas costumbres.

—Es práctico…

—*Effectivement, ma chérie.* Me doy cuenta que el poder secular es invencible, entonces, hay que sacar partido de él. Usted es demasiado joven y soñadora para entenderlo, pero créame, la sociedad no puede existir sin la desigualdad de fortunas, y esta desigualdad no puede subsistir sin la religión.

—Tiene razón, no entiendo. No quiero entender. Los domingos que asisto a la iglesia con mis padres y mi hermana, salgo con una sensación de tranquilidad maravillosa. Nada me puede pasar, ya que hay alguien que me protege. Eso es lo único que deseo entender.

—Yo, a su edad y más joven todavía, me negaba a ir a misa. Pero tiene razón, *petite folle*, el sentimiento religioso es tan consolador que el poseerlo es un don del cielo que usted tiene. No lo desprecie. Los hombres, y sobre todo las mujeres, necesitan esa atmósfera de vaguedad y maravilla que la religión ofrece. Sin la religión, se marcha continuamente en las tinieblas.

—¿Ni siquiera cree en Dios?

—Creo en un dios, pero no en el que castiga y recompensa, más aún cuando veo tantas personas honradas infelices y tantos pillos dichosos. Jamás he dudado de Dios pues, aunque mi razón sea incapaz de comprenderlo, mi intuición me convence de su existencia. Es imposible pensar en la inexistencia de un ser superior cuando uno es testigo, por ejemplo, de una puesta de sol, de la cadencia con la que caminan las mulatas en esta isla o de la suavidad de la piel de una adolescente inglesa.

—¿Eso lo supone o acaso conoce en persona a alguna adolescente inglesa de piel suave?

—De piel perfectamente tersa... supongo.

—Ay, mi querido *Sire*, usted es más chiquillo que yo. A veces, hasta su mirada es inocente. Ande —se le ocurre de pronto— transfórmese en monstruo como el día que lo hizo para asustar a mi amiga miss Legg.

—Ya no tengo condición. Casi me caigo de la mesa, a mi...

—Por favor, ¿sí, sí, sí?

—No insista.

—*Please, I beg you... Je vous prie, Sire* —ruega, con los ojos entrecerrados y tristes.

El Emperador no encuentra otra opción más que comenzar a gesticular. Frunce las cejas, se despeina y lanza unos rugidos terribles. Miss Betsy grita, al escapar hacia un lugar seguro. De figura espigada y con varios años menos, puede huir con rapidez. Elisabeth siente esa emoción mezclada de terror y risas de los primeros días. Corre rumbo al comedor, abre la puerta que da hacia las oficinas y gira inmediatamente hacia la derecha. Cruza el vestíbulo de servicio y entra al cuarto de baño tratando de no hacer ruido. Decide esconderse detrás de la bañera de cobre, profunda y asimétrica. Desde ahí, el espléndido lavabo de plata que enviaron de Francia luce espectacular. Imagina los baños del Emperador: su actividad más importante de cada día. ¿Entrará a la tina en ropa interior o completamente desnudo? Siente en su rostro el agua tibia, jabonosa y resbaladiza. De la nada, le llegan las fantasías sobre el miembro del Emperador. ¿Será como cuentan las habladurías de sus compatriotas? Los ingleses tienen una verdadera obsesión por el falo imperial y afirman continuamente que sus órganos genitales son de una talla reducida. Dicen lo que sea con tal de denigrarlo y borrar su aura de poder. Pensándolo bien, cualquier tamaño le quedaría corto a Napoleón, piensa miss Betsy. Tanto se ha hablado de sus capacidades sexuales, de sus pulsiones eróticas, que es difícil que su pene no decepcione. Habrá que preguntarle a madame De Montholon, dice en voz alta, con una sonrisa traviesa.

—¡Niña, querida niña! Niñaaaa… —grita Napoleón, tratando de adivinar cuántos hombres superiores se transforman en niños varias veces durante el día.

La voz del monstruo la obliga a abrir los ojos. Se ha dado por vencido y le promete no dañarla si se entrega.

—Soy la eterna vencedora del magnífico Napoleón Bonaparte —afirma petulante, recibiendo un travieso pellizco en la mejilla.

Accede a sentarse junto a él, sobre el canapé que siempre coloca de forma perpendicular frente a la chimenea de su habitación. Una frazada de algodón tapa las manchas.

—*Monsieur*, ¿sabe de qué me acordé? —pregunta, con mirada viva. Y sin esperar la respuesta del ogro, que apenas está retomando el aliento, sigue—: del día que lo conocí. Cuando descendió de la calesa, frente a la puerta de nuestra mansión, tenía una palidez mortal.

—Llevábamos tres meses viajando en barco. Si quiere que sea exacto, habían pasado setenta días desde que salimos de Inglaterra y ciento diez desde que dejé París. Además, soy de los que se marean fácilmente.

—Recuerdo que Jane se escondió detrás de mi padre, pero yo, a pesar de la frialdad de sus rasgos, estimado *Sire*, de su dureza e impasibilidad, vi en su rostro una gran belleza. En cuanto habló, simplemente para saludarnos, su sonrisa y la dulzura de sus maneras esfumaron todos mis temores.

Napoleón la mira con ternura.

—Mientras conversaba con mis padres, examiné su cara. ¡Notable! He visto muchos retratos suyos, ese por ejemplo —señala el de Gérard—, pero lo que ningún pincel ha sabido reproducir es precisamente su sonrisa y la expresión encantadora de su mirada.

Su Majestad extiende la mano para tomar la de la adolescente. En el fondo, piensa que es la única persona que realmente lo ha comprendido. Miss Betsy tiene la capacidad de descifrarlo y entenderlo mejor que nadie, sobre todo en la soledad que representa el exilio. Con ella discute de igual a igual. Es irreverente y a veces tiene modos de niña mimada, pero es inteligente, viva, sensible y precozmente madura.

Su espíritu curioso obliga a mi espíritu a realizar acrobacias imprevistas, concluye. Él también recuerda las primeras preguntas que le hizo, "¿Sabe usted tocar el arpa? ¿Es verdad que estranguló a una mujer con sus propias manos?", y no puede olvidar las lágrimas de la chiquilla cuando partió hacia su casa de Longwood, que ya había sido acondicionada. La única razón para permanecer en The Briars, la presencia de su queridísima amiga, hubiera sido escandalosa.

—Nunca debí haber dejado Egipto —le confiesa a miss Betsy, apesadumbrado, aunque en realidad está diciendo: nunca debería haberme ido de tu lado.

Afuera comienza una ligera lluvia. El Emperador necesita que las gotas lo acaricien.

—¡Cómo desearía ofrecer la piel de mi rostro al agua viva que cae del cielo!

—¡Entonces salgamos a empaparnos! —propone ella—. Vamos —insiste—, usted tiene derecho a todo por ser Napoleón. Y yo, según me ha dicho, estoy en la edad donde puedo hacer cosas sin razón alguna, nada más porque sí, por el placer. Mojémonos por puro placer.

Elisabeth corre hacia el gabinete de trabajo de su amigo y abre la puerta que da al jardín, aceptando la invitación de la naturaleza. Las gotas comienzan a dejar marcas en su ropa. Da vueltas con la cabeza hacia el cielo y los brazos extendidos, separando los labios y saboreando el líquido con la lengua.

Napoleón se pone su bicornio de castor y se dirige hacia ella, a esa fiesta de mujer y agua. No deja de preguntarse si miss Betsy es realmente la inocente dueña de un impudor perfecto y de una coquetería que parece no tener ninguna meta especifica o, como la mayoría de las mujeres, calcula y planea sus reacciones.

Capítulo 5.

El sitio de Mantua
(o del arte, la escritura, la censura
y otras cosas)

Todavía no tengo dieciocho años, y ya soy un escritor...
NAPOLEÓN

*Quisiera lograr en literatura
lo que Napoleón hizo en política.*
BALZAC

Bonaparte se va acostumbrando gradualmente a la vida cotidiana y solitaria del exilio. A todos sus acompañantes los ha obligado a seguir las rutinas y a respetar la estricta etiqueta de Las Tullerías, Malmaison y Fontainebleau.

El general se levanta cuando el sol ha aparecido, tímido, entre las pesadas nubes de Santa Helena. El clima no es generoso para la salud: demasiado variable, caprichoso, saturando la atmósfera de vapores de mar. Al mediodía, el aire salino y el sol ardiente hacen lo imposible p impedir sus paseos: el Emperador adora salir a pie o a caballo. Y si la niebla cubre los rayos, es tan espesa que no se puede ver el paisaje, ni siquiera el masivo escollo rocoso de Flagstaff con su semáforo espía. Bien decía el General, cuando estaba en alguna batalla, que la niebla es para la trampa y el sol para la victoria.

En esta isla maldita la gente muere joven. Son pocos los que viven más allá de los sesenta. Disentería, inflamación del hígado, fiebres, vómitos, palpitaciones. La persona más vieja acaba de cumplir sesenta y tres, que ya es toda una proeza.

La vigilancia que el gobernador ejerce sobre el General es discreta durante el día, aunque estricta; no puede arriesgarse a que escape, como lo hizo de la isla de Elba años atrás. Si el prisionero lograra huir, Hudson Lowe sería el hazmerreír de Europa entera y tendría que darse un tiro: no podría sobrevivir cargando semejante desprestigio sobre sus espaldas, aunque lo peor es que el general francés se convertiría en una amenaza para la paz del continente.

Así, no pasa una semana sin que Napoleón se encuentre, como por casualidad, con alguno de los oficiales encargados de supervisarlo y, sobra decirlo, de espiarlo: Poppleton, Blakeney y Read. Dos veces al día un oficial de ordenanza británica se asegura personalmente de la presencia del Emperador. El semáforo de Flagstaff, colocado en un lugar estratégico, envía señales diarias: el campo militar de Deadwood está suficientemente cerca para que cualquier movimiento sospechoso sea investigado de inmediato.

El Gran Corso no puede deshacerse de esa sensación de vivir en una prisión, enorme tal vez, abierta, sin rejas ni cadenas, pero prisión. Mil soldados acampan permanentemente en las cercanías. En las noches llega lo peor, los centinelas en turno se acercan hasta colocarse debajo de las ventanas de guillotina. Si tienen oportunidad y nadie los ve, se asoman al interior para ser partícipes de la vida de encierro del general francés.

Por las mañanas, en cuanto Napoleón deja su cama, se viste con ayuda de Marchand y sale a caminar por los alrededores de Longwood, en la zona más elevada de la isla; un lugar húmedo y con la constante y molesta presencia del viento.

—Sopla aquí un viento furioso, viento agrio que *mi taglia l'anima*.[5] Odio esta *isola maledetta*[6] —se queja en su idioma materno.

---

[5] ...que me corta el alma.
[6] Isla maldita.

Su vista se extiende a las planicies pobladas de césped indeciso: muy verde en ciertas áreas y extremadamente seco, amarillento, en otras. Tupido alrededor de los escasos árboles y francamente corto en las zonas abiertas. Sus botas francesas obedecen los pasos firmes de un militar que parece estar pasando revista a las tropas. El sonido de la música y los tambores, obligatorios en sus guerras, le llega ligero pero nítido hasta los oídos.

Contempla unos árboles torcidos, casi fantasmagóricos, con hojas tan escasas que no proyectan una sombra ni siquiera para los insectos y se repite, en silencio, lo que pensó desde el día en que puso un pie en ese territorio:

—*Ce n'est pas un joli séjour...*[7]

A las diez de la mañana regresa a tomar el desayuno. Enseguida, da otro paseo a pie o a caballo. Eso sí, respetando el perímetro de siete kilómetros al que está confinado. A veces se cruza con los habitantes del lugar: algunos chinos que agachan la cabeza o dos pares de esclavos negros que ni siquiera voltean a verlo. Pero si son ingleses quienes pasan a su lado, generalmente en sentido contrario, lo miran a los ojos y enseguida revisan su figura, uniforme, sombrero, cabello, nariz, para llegar a contar entusiasmados: Sí, era él, Napoleón, estamos seguros.

Al arribo de un barco, algunos militares ingleses, a escondidas, se atreven a subir hasta Longwood para verlo aunque sea de lejos. Los más audaces se acercan y le confiesan su admiración, obsequiándole un escaso ramo de flores silvestres: iris o agapantos.

---

[7] No es un bonito lugar...

Nuevamente llega a su residencia para dictar el resto de la mañana y gran parte de la tarde, caminando de un lado a otro de su gabinete de trabajo. Dictados infinitos que conservan su prosa brillante y firme. No en balde se dice que lo que no podía lograr con la espada, lo conseguía con la pluma. Hubiera sido un magnífico escritor.

Si ha recibido correspondencia —siempre se la entregan abierta, puesto que el gobernador la revisa—, le da seguimiento y responde lo necesario. Ya no tiene esperanzas, como al principio, de encontrar alguna carta de su esposa María Luisa, quien ahora se ha descarado y vive abiertamente con su amante, un oficial austriaco.

Cuando no hay invitados especiales, madame De Montholon o los Bertrand por ejemplo, cena en su habitación a las seis de la tarde, mientras revisa los diarios que llegan semana a semana de Londres. Devora todo lo que viene de Europa: gacetas, folletos y libros. Sus clases de inglés han comenzado a funcionar: casi entiende todas las palabras. Recuerda los lejanos días de su adolescencia en que tuvo que aprender francés y su acento era terriblemente italiano.

La cena normalmente es desabrida. Por más esfuerzo que hace el cocinero Lepage, no siempre encuentra los ingredientes adecuados. Además, Bonaparte siempre pensó que comer era una pérdida de tiempo. Sus acompañantes saben que escucharán sus quejas y la socorrida anécdota del viaje a Gaza, en plena campaña egipcia, cuando comió perros, mulas y dromedarios "más sabrosos que este pedazo de gallo inglés", pero, eso sí, no deja nada en el plato; siempre se opuso al desperdicio. Economizaba aun cuando vivía rodeado de lujo imperial.

Después de la cena se juega ajedrez, *piquet*, *reversi* o *whist*.[8] Si alguno de los invitados sabe tocar el piano, escuchan alguna breve sonata de Bach. También adora que le lean pasajes de sus libros favoritos. En las últimas noches le han leído *Don Quijote*.

Una vez al mes le organizan una cacería de perdices. Otras, paseos en calesa a los lugares más alejados de la isla, a Sandy Bay con su arena negra, por ejemplo. Eso siempre y cuando el gobernador les otorgue el permiso.

El momento que más disfruta es su baño, cada día más prolongado —tres horas— y caliente. El agua suelta tanto vapor que Ali teme que su amo sufra graves quemaduras o un desmayo, pero el Emperador se deja cubrir por el líquido con un rostro sinceramente placentero. El baño, perfumado con agua de Niza, es la única costumbre que Bonaparte nunca abandonó, ni siquiera en sus peores batallas. Él se talla el pecho y los brazos. Enseguida, le pasa el duro cepillo a su ayudante para que le frote la espalda con fuerza. *Allons, fort, comme sur un ane!*[9] A veces aprovecha la calma del momento para escribir, usando una mesa improvisada que se sostiene sobre los extremos de la tina.

Después, él mismo se rasura. Extraña las navajas inglesas de Birmingham y el jabón de naranja de la casa *Gervais Chardin*, pero conserva su rasuradora con mango de concha nácar, adornado

---

[8] Los tres son juegos de cartas. El *piquet* se juega entre dos, tres o cuatro personas. El *whist*, de origen inglés, dos contra dos. Es considerado el ancestro del bridge. El *reversi* es de origen español y se juega entre cuatro personas.
[9] ¡Más fuerte, vamos, como si estuviera tallando a un asno!

con oro. Marchand sostiene el recipiente con el agua
y el jabón. Ali, el espejo. Enseguida, se lava los dientes con coral y opiata, y se enjuaga con una mezcla
de agua de vida y agua fresca. Para finalizar el ri-
tual, se raspa la lengua con un rascador de plata.
No soporta ver su lengua amarillenta, sucia, ni se
permite el mal aliento.

Semanalmente recibe la visita de un irlandés,
el doctor O'Meara, a quien ha convertido en un
grato amigo para conversar, y los viernes espera la
presencia de miss Betsy y sus mil preguntas inquie-
tas. Esta vez —hoy es viernes— entra a la biblioteca con una sonrisa y varios libros bajo el brazo.

El Gran Corso está muy concentrado en su
tarea: con una cinta ata cuidadosamente varias hojas de papel. Ya ha unido la mitad, pero hay varias
esparcidas en el escritorio junto a esos anteojos que
debería usar más seguido, ya que su vista cada día
está más fatigada. Aparentemente no ha escuchado
los pasos de su amiga, pues sigue ensimismado, repa-
sando sus lecciones de inglés en voz alta.

*I want mee back… No. No. I want go back. I
am french and I was in France. I making progress in
english. I am making. Am, am making…*

Elisabeth se acerca por detrás, de puntitas,
para no hacer ruido. Cuando Napoleón la ve, ya es
muy tarde para ocultar su inglés fallido y decide
que la mejor estrategia es reconocer sus errores.

—*Y do not any progress, n'est-cepas?* Usted estará de acuerdo conmigo en que el aprendizaje de
una lengua es una labor dura que debe hacerse a
una edad joven. ¿No?

Miss Betsy permanece callada, tal vez para no
avergonzarlo más. Tan sólo le extiende un regalo.

—¿Y esto?

—Unos libros en francés que mandé pedir para usted —dice Betsy, orgullosa, mientras se sienta en un sillón de abeto estilo imperio, decorado con hojas doradas. El asiento y los cojines están forrados de terciopelo rojo oscuro, ribeteados también en dorado.

—Voltaire, Rousseau, Raynal, Mirabeau, Corneille… mmm, no tiene mal gusto.

—Usted mismo me dijo que son sus autores favoritos.

—Desde los nueve años, cuando leí *La nueva Eloísa*, soñaba ser el nuevo Rousseau. Es una novela de amores epistolares que me volvió loco. Pero después me di cuenta que ese escritor se amaba demasiado a sí mismo y no podía amar a los demás, no podía amar ni siquiera a su literatura.

—¿Me llevo a Rousseau, entonces?

—No, déjelo. Nunca falta lugar para un libro.

—¿Los otros autores sí son de su agrado?

—Claro. Los leo desde la adolescencia con avidez y los sigo leyendo. Siempre sentí fascinación por la lectura, sobre todo de historia y gobierno. También acostumbraba leer sobre campañas militares y tratados de geografía. Realmente fui un autodidacta. Yo elegía mis propias lecturas y me acostumbré a no hojear los libros que valen la pena, sino a leerlos con absoluta concentración, subrayándolos, tomando notas aunque fuera en los márgenes. En cambio, los libros malos no deberían existir. Y las novelas, digamos que entretienen, pero no deben ocupar espacio en una biblioteca. Estorban.

—No es para tanto.

—¿No? ¿Sabe lo que hacía con las novelas? Las leía en mi carruaje y arrancaba cada página que terminaba. ¡Bueno! Debo confesarle que cuando estaba en plena campaña, por la ventana de mi carruaje tiraba cuanto libro no valía la pena.

—Imagino muy bien la escena: la carroza real recorriendo Francia y dejando una estela de hojas que terminaban enlodadas.

—*Effectivement, ma chérie.* El caso es que le agradezco los libros. Adoro leer, más ahora que tengo todo el tiempo del mundo —afirma con ironía—. Aquí es lo único que sobra: tiempo, el elemento más importante. Comenzaré hoy mismo —dice, dejando los ejemplares sobre una mesa redonda, cubierta por un paño verde para proteger la madera.

—Por cierto, ¿su padre no tiene nada de Goethe en francés?

—Ni papá ni mamá hablan francés.

—Claro… ¿Y no se podrá conseguir en Jamestown?

—Mañana mismo lo buscaré, tal vez en alguna de las tiendas del judío Solomón, aunque en francés no será fácil encontrar nada ¿Es bueno? Nunca lo he leído.

—Es el mayor poeta trágico vivo, autor de *Werther,* una novela que usted debería haber leído ya —explica, regañándola—, aunque el final no me gusta nada. A Goethe lo conocí en Erfurt, hace mucho tiempo. Conversamos durante horas sobre literatura, teatro, Tácito y Voltaire, también sobre filosofía. Ese mismo día lo invité a París: quería que redactara la historia de mi vida, pero el escritor se negó, a pesar de que me acababa de confesar la admiración que sentía por mí y que había seguido, con asombro, mi carrera.

—¿Era uno de sus tantos admiradores?

—No, era un hombre grandioso que sabía pensar. Es extraño —dice, como si estuviera llegando a esa conclusión por primera vez—: Goethe no quería nada de mí y ni siquiera procuraba brillar, por eso no supe cómo ganarme a ese hombre incorruptible. Nunca me aceptó nada, pues no me necesitaba. Ni siquiera accedió a dedicarme una de sus obras, argumentando que se había impuesto, como principio, no hacer dedicatorias para no tener que arrepentirse nunca de ellas. Admirable.

Miss Betsy se quita el sombrero, pues le estorba un poco —es enorme, con un gran moño rosa—, y lo coloca en una cómoda que tiene al lado, sin fijarse que quedó encima del sable de Sobieski que Bonaparte tanto estima. El Emperador adora la familiaridad con la que actúa en su presencia. Lo trata como si se conocieran desde siempre. Gracias a su frescura, a su imprudente inocencia, es la única persona que le aporta una nota de alegría, de color.

—Lo siento, hoy se me olvidó el vino. Entre tantos libros… y además no podía conseguir un medio de transporte decente. Tuve que venir en una simple carreta tirada por seis bueyes —se justifica.

Napoleón sonríe y llama a Ali para pedirle agua caliente, muy caliente, y algo de comer; es extraño, pero tiene hambre. Enseguida, de uno de los estantes más altos del librero, baja un estuche de mármol bastante pesado. Lo coloca en el suelo y se sienta sobre el piso de madera. Con un gesto, invita a miss Betsy a acercarse.

—Hoy nos comportaremos como ingleses. En lugar de vino, haremos una excepción y tomaremos té en su honor —dice, abriendo la tapa de la caja.

—¡Es precioso! —exclama la adolescente al ver un modelo perfecto de la ciudad de Cantón adentro del estuche. Saca las piezas, las observa, vuelve a acomodarlas, las saca nuevamente…

—Me lo acaban de regalar unos visitantes que venían en un navío chino. Esperemos que nadie me vea. Cuando era Emperador, por ningún motivo permitía que se tomara té en mis dominios. Trataba de impedir que se consumieran productos extranjeros para fortalecer la industria nacional. En fin… veamos a qué sabe esto… —dice, levantando la jarra de agua hirviendo que le acaban de traer.

Elisabeth observa al Pequeño Caporal poniéndole tres cucharadas de azúcar a su bebida y revolviéndola con los dedos. Ella le sopla a su taza, tratando de alejar el vapor demasiado caliente. Su Alteza hace un gesto terrible al probar el té.

—¿Se quemó *Monsieur?*

—Claro que no, pero esto sabe a tierra. ¿Qué me cuenta hoy, qué noticias de Jamestown me trae?

—Nada nuevo —responde miss Betsy, dándole un sorbo a su infusión oriental.

—Pues yo le cuento que ayer mandé al buen Cipriani a Jamestown a vender mi plata.

—¿Hasta la cafetera que me gusta tanto?

—¿La que parece cisne?

—Sí.

—También ésa. Sólo conservamos la sopera, pues no tenemos otra…

—Pero…

—Pero no me lo reclame a mí, sino al estúpido gobernador que me ha reducido, una vez más, el presupuesto. Pero vamos, vamos miss Betsy, hablemos de cosas más agradables. ¿Usted disfruta la lectura?

—Novelas, sobre todo. Ahora estoy leyendo *Mathilde*, de madame Cottin.

—¡Bah! Novelas. ¿Sabe usted lo que sucede a quienes muestran la virtud en sus ficciones? Hacen creer que las virtudes no son sino quimeras. Yo disfrutaba más la lectura de los informes militares que lo que usted disfruta leer una novela.

—Pero las novelas me hacen soñar.

—La lectura invita a soñar… cierto, aun la de las novelas, debo aceptarlo. En mí, los libros despertaron sueños audaces, de triunfo. Además, nos proveen de conocimientos muy útiles para nuestras conquistas y avivan la imaginación. Gracias a los libros, mi imaginación siempre precedió a mis actos.

—Probablemente por eso llegó usted tan lejos, tan alto —dice Elisabeth, sin ocultar su admiración. Bonaparte sonríe con el rostro pálido; desde que llegó a la isla, el sol no ha podido acariciarlo como lo hacía en Córcega, en Marsella y hasta en París.

—Le voy a decir un secreto: la imaginación es la clave, pero aislada es también la responsable de perder las batallas. Siempre, escúcheme bien, siempre debe estar acompañada por la inteligencia, por un cerebro que funcione adecuadamente.

—Le gusta imaginar y le encanta la literatura, ¿verdad?

—Para mí, todo puede convertirse en ficción, todo puede re-escribirse, revisarse, destruirse. Pero, además, disfruto las otras artes. Yo me encargué de enviar al museo del Louvre una enorme cantidad de obras, querida Betsy —presume, orgulloso—. Desde Italia y Egipto mandé pinturas y esculturas admirables que alimentaban el amor propio de los franceses, que lo siguen alimentando… espero. El pueblo francés valora más la adquisición de un pintor famoso, de un erudito matemático, de un compositor genial que cualquier otro pueblo.

—Pero acepte que la música no es su fuerte, de hecho, cuando canta siempre desafina. El otro día me confesó que no tiene oído. Algún defecto debía tener Su Alteza Imperial, ¿no?

Bonaparte está a punto de enojarse al sentir la conversación fracturada. ¡Él hablaba de la sensibilidad del pueblo francés, de su grandeza, y ella lo cuestiona sobre sus dotes musicales! Pero se llena de paciencia cuando recuerda que su interlocutora es una adolescente precoz, pero niña al fin. Entonces le obsequia una mirada generosa y responde:

—Lo reconozco, tengo oído de artillero. Nunca podría haber sido compositor o pianista, pero siempre le concedí a la música una importancia mayúscula. ¿Qué pensaría si le dijera que una cantata puede ser un instrumento de gobierno muy eficaz?

—¿Por qué?

—Porque emociona y enternece de manera tal que puede convencernos más que cualquier razonamiento. Influye directamente sobre las pasiones de los ciudadanos, llega, sin escalas, a su corazón y les habla directo a los oídos. Unas cuantas barras de música no pueden menos que afectar los sentimientos y tienen mucha más influencia que un libro sobre moral bien escrito. En mi gobierno, la estética se convirtió en una cuestión de Estado.

—¿De Estado?

—De primordial importancia a nivel político —le aclara.

—Si lo que buscaba era convencer a los franceses de algo, ¿por qué no simplemente hablaba con ellos? ¿Por qué no les explicaba hacia dónde los quería llevar?

—Ése es otro arte: la oratoria, pero no sustituye a una ópera o a una obra de teatro bien hecha. Una buena tragedia, por ejemplo, debe ser considerada como la mejor manera de enseñar. Si Corneille viviera, querida niña, lo haría príncipe. ¡Cuánto le debe Francia! Y la ópera, ¡ah! La ópera calma mi espíritu y le da una lucidez que ni las mejores tazas de café.

—Supongo que Su Majestad era un gran orador. Lo he vivido en carne propia, pero me hubiera gustado presenciar algún discurso suyo ante los franceses. Poder observar los rostros y la emoción de su gente al escucharlo.

—Y a mí me habría encantado tenerla al lado. Siempre supe a la perfección el efecto que cada palabra provocaría en mi pueblo. Dediqué gran parte de mi tiempo a conocer el alma humana, y creo que lo logré con suficiente éxito. Más que hablar, poetizaba con un estilo lleno de imágenes y fuerza. ¡Es una lástima que usted no haya conocido al gran Napoleón, sino a lo que de él queda!

Bonaparte cada vez tiene más hambre y comienza a extrañar a Rustam, un esclavo mameluco que le regaló el jeque El-Bekri en Egipto y al que adoptó como su más fiel servidor durante quince años. Ahora, como parte de su personal doméstico, lo sustituye Ali, un falso mameluco de nacionalidad francesa, muy amable y extraordinariamente fiel, pero a quien le fallan ciertos detalles. Por ejemplo, ya le había pedido algo de comer y no ha regresado desde que les trajo el agua.

—¡Ali, Ali! *Merde.* ¡Aliii!

—¿Necesita algo, *Sire?* —pregunta el segundo valet y bibliotecario al entrar al salón, atemorizado por los gritos.

—¿Que si necesito algo? ¡Claro que necesito algo! ¿Y la comida que ordené? ¿Qué ya nadie acata mis órdenes? —grita, moviendo frenéticamente las manos—. ¡Trae inmediatamente algo de queso y pan, o papas con cebolla! Seguramente la señorita también tiene hambre. Y llévate esto —dice, aventando contra la pared la azucarera con todo y su contenido. En Santa Helena es difícil encontrar azúcar blanca, así que los granos morenos se esparcen por el piso, junto con una pequeña cucharita de esmalte que sigue dando vueltas durante algunos segundos.

De pronto, así como llegó el enojo con una gran violencia, retorna la calma.

—¡Ya sé! Dígale a Pierron que nos envíe dulces o cualquier delicia azucarada de las que esté preparando para la cena —ordena, más tranquilo.

Ali, bautizado como Louis Saint-Denis, sale apresuradamente. Su turbante siempre llama la atención de miss Betsy. Ha llegado a burlarse de él cuando sabe que no está escuchándola. Lo imita, corriendo de un lado al otro del salón mientras las risas francas de Bonaparte la alimentan.

—Ande —le pide el general exiliado—. Léame algún pasaje de mis libros nuevos.

—¿Las *Cartas inglesas* de Voltaire?

—Todo menos eso. ¡Cuánto daño le hizo a los franceses con sus constantes ensayos sobre anglomanía!

—¿Por qué?

—Escribió ese libro cuando vivió exiliado en la corte de Londres. Con la influencia de sus compatriotas —señala a la adolescente, como si a ella se lo reclamara—, dijo maravillas de los ingleses, criticando severamente a los franceses. De cualquier manera ese hombre era un genio, dueño de una locura perfectamente racional. ¡Eso es! Lea un breve cuento: "Memnon o la cordura humana".

—Nemón o... ah, sí, aquí está —responde, buscando la página.

Elisabeth toma un trago de té, nerviosa, y comienza la lectura en un francés muy estudiado:

—Púsosele en la cabeza a Memnon un día la desatinada idea de ser completamente cuerdo: que pocos hombres hay a quienes no haya pasado por la cabeza semejante locura. Memnon discurría así: "Para ser cuerdo, y a consecuencia muy feliz, basta con no dejarse arrastrar por las pasiones, cosa muy fácil, como nadie lo ignora. Lo primero, nunca he de querer a mujer ninguna...

—¿Lo ve? —dice Napoleón, entusiasmado—. No soy el único que rechaza el amor —Elisabeth ignora el comentario y continúa:

—...en viendo una beldad acabada diré en mi interior: Un día se ha de arrugar ese semblante: ese turgente y redondo pecho se ha de tornar fofo y lacio; esa tan bien poblada cabeza ha de quedarse calva y me basta con mirarla desde ahora como la he de ver entonces para que esa linda cabeza no me haga perder la mía. Lo segundo, siempre seré sobrio, por más que me tiente la golosina, los exquisitos vinos y el incentivo de la sociedad. Me figuraré las resultas de la glotonería, la cabeza cargada, el estómago descompuesto, perdida la razón, la salud y el tiempo…"

Elisabeth termina de leer ese cuento y otro más, tomando pequeños sorbos de la infusión, ya fría. Cuando siente la boca muy seca, se levanta sin pedir permiso para volver a colocar el libro sobre la mesa. Desde atrás su figura luce más delgada. Camina con armonía y altivez. Con gracia. Napoleón no puede evitar observarla, pero sabe que debe dominar el fuerte impulso de abrazarla, rodear su cintura y besar su nuca eterna. Acariciar las mejillas de porcelana, de piel perfecta y tersa. Imagina su cuerpo como el refugio más cálido, el consuelo necesario.

De pronto, Noverraz entra con una canasta de porcelana de Sèvres llena de postres. Mientras la coloca cuidadosamente sobre la mesa, haciendo a un lado el montón de libros, pregunta si se le ofrece algo más a Su Majestad Imperial.

—Traiga mi tabaquera, la de marfil negro adornada con querubines, y cierre las persianas: en cualquier momento los insectos comenzarán a atacar… aunque no sé qué es peor, si los moscos o el calor. Entre derretirme y que me piquen, mejor que me piquen. Déjelas abiertas y traiga el pebetero con la cosa esa que le pone Ali para ahuyentarlos.

Elisabeth se ha quedado paralizada, contemplando los dulces preparados por el confitero del Emperador. Son elegantísimos y con diseños muy elaborados: hay un arco del triunfo hecho de azúcar y un palacio de ámbar enmarcado con cerezas y otras frutas en almíbar. Bonaparte disfruta el rostro sorprendido de su amiga. Corta un pedazo del arco y, sonriendo, se lo da en la boca. La alimenta como si fuera una niña pequeña y desprotegida. Una mordida, una probadita, otra más. A este pedazo le agrega un poco de compota y ríe ante el gesto de empalago de la adolescente.

—Ya no más postres, por favor, se lo pido, ya no más.

—Otro poco…

—Si deja de atormentarme, le platico lo que mamá me dijo ayer de lady Lowe.

—Está bien —acepta Bonaparte, dejando la cuchara sobre un plato casi vacío.

—Me contó, con la condición de que yo no se lo dijera a usted, que cuando la esposa del gobernador ofrece cenas en su casa, brinda con sus invitados diciendo: *God help the King, God save the Queen and damn our neighbour.*

—¿*Damn?*

—Maldecir.

—¿Qué Dios me maldiga? —ríe— Me parece bien. Que me maldiga todo lo que quiera, mientras me deje salir de esta isla.

El gran reloj de pared marca las cuatro de la tarde de una manera ceremoniosa. En casa de los Balcombe seguramente se están preparando para el té.

—¿Usted nunca lleva reloj? —pregunta Elisabeth, limpiándose los restos de algo azucarado con una servilleta de satén blanco.

—Los utilicé muchos años, pero los aventaba al piso cada vez que me daba un acceso de cólera verdadera o falsa, y se hacían añicos. Por eso dejé de usarlos. Siempre había un reloj en cada habitación de mis palacios, o alguien dispuesto a darme la hora.

—¿Cólera falsa?

—Claro. Uno de mis secretos mejor guardados es la actuación: un general siempre tiene que ser un charlatán. No se puede gobernar sin ser un buen actor, sin fingir cuando es imprescindible. Uno debe planear las escenas de acuerdo con las necesidades de ese momento. Por ejemplo, cuando estábamos en medio de una escena trágica la interrumpía, fingiendo estar cansado o así nada más, sin dar una explicación, y me sentaba —dice, sentándose en un sillón—. Cuando se está sentado, lo trágico se torna cómico.

—¿Cómo?

—No lo sé bien, pero lo he experimentado. Inténtelo. Alguna noche que su madre la esté regañando y comience a hacer de su mal comportamiento una tragedia, usted simplemente siéntese en un sillón de la manera más cómoda posible y observe el rostro de su madre. Eso sí, esta receta tiene su antídoto y me lo mostró la esposa de un traidor al que había mandado detener. Cuando comenzó a rogarme por su vida, me senté. Ella se quedó de pie, callada, sin saber qué hacer. Pero enseguida se dejó caer ante mí, llorando sin cesar, aferrándose a mis rodillas. La escena volvió a ser trágica, tan trágica que tuve que perdonar la vida de su esposo. La mujer me besaba las manos, agradecida, y yo no lograba saber cómo lo había conseguido.

El calor es cada vez más intenso. Hasta las velas, que están apagadas, han comenzado a ablandarse. Elisabeth se ha bebido toda el agua y todavía siente sed.

—Salgamos al jardín un rato, si es que se puede llamar jardín a ese conjunto de hierbajos. Mi árbol favorito proyecta una agradable sombra —propone Napoleón—. ¡Noverraz! Coloque una manta bajo el viejo encino y lleve agua de naranja o lo que tenga fresco. Utilice la máquina para hacer hielos, esa que nos acaba de enviar mi querida lady Holland. ¿La ha visto? —le pregunta a miss Betsy—. He estado entretenido durante horas, observando su funcionamiento. ¡Ah! Y traiga los últimos ejemplares del *Monitor* para que *mademoiselle* Balcombe pueda leerlos en voz alta —le grita nuevamente al doméstico.

El viento sopla desde el océano, provocando una brisa salada y juguetona. El mar también amaneció juguetón: agitado e inquieto. Con una textura dispareja, olas coronadas de espuma blanca y frágil. Cuando el Emperador se recuesta sobre varios cojines, miss Betsy se sienta enfrente y hojea uno de los periódicos, probablemente buscando alguna caricatura sobre el ogro que ahora es su amigo, para burlarse un rato.

—Ese periódico algún día fue mi mejor aliado. Llegó a ser el alma y la fuerza de mi gobierno, pues era mi intermediario con la opinión pública. Yo, personalmente, escribía muy seguido en él, sobre todo para defenderme de la prensa inglesa y para atacar sus modas, sus costumbres y hasta su Constitución. Perdone, a veces olvido que usted es inglesa —dice irónicamente.

—Tiene razón. Los periodistas de mi país son muy crueles con usted. Mi padre dice que lo pintan como un oportunista político, un déspota cruel, sediento de sangre. Un tirano insensible.

—Es culpa de sus gobernantes. A la prensa se le debe mantener dentro de sus límites. Los dueños de los medios, por lo menos en la Francia napoleónica, tenían la obligación de conseguir editores de incorruptible patriotismo para evitar las críticas. Yo no permitía que se publicara nada que atentara contra la moral o la política del gobierno; era mi deber mostrarles la dirección correcta. Se revisaban libros, folletos, carteles, anuncios y letreros. Los mensajes del telégrafo de Chappe tenían que pasar por mis manos.

—Sí que le gustaba estar en todo —afirma, tomando un trago de agua de algo sin sabor definido, pero que tiene un bonito color rosa.

—Claro. Un buen gobernante debe estar en todo. Yo más que nadie.

—¿Qué tenía usted de especial? —pregunta miss Betsy, tratando de provocarlo.

—Simplemente el hecho de que era un usurpador.

—¿Estoy escuchando bien?

—Sí. Para llegar al trono me fue preciso poseer la mejor cabeza y la mejor espada de Europa, pero para sostenerme, era menester que todo el mundo continuara convencido de que yo era el mejor hombre. Para eso me sirvió la prensa. En las épocas de guerra, también era importante: después de cada batalla, yo decidía la versión oficial de los resultados para que se publicara en el *Boletín de la Gran Armada* y en otros periódicos. Siempre he dicho que si el cañón mató al feudalismo, la tinta matará a la sociedad moderna. Es una lástima que ya no pueda controlar lo que de mí se dice. ¿Cómo podría enviar una noticia desde aquí? Manipular la prensa a distancia es imposible.

—Se acostumbró a tener el control completo, y ahora… —se interrumpe súbitamente, para evitar hablar de su situación presente.

—Claro. Para eso fundé la oficina de la opinión pública. Me mantenían informado hasta de las conversaciones que se llevaban a cabo en restaurantes a los que acostumbraban asistir mis enemigos. También me enteraba de lo que se decía en los diferentes institutos, reuniones literarias, establecimientos educativos, juicios, sermones.

—¿Sermones? ¿No me diga que los pastores eran peligrosos?

—Los sacerdotes, en la religión católica, pueden ser peligrosísimos. La religión es un medio para lograr influencia entre los ciudadanos. Mi gente tenía órdenes de observar los púlpitos muy de cerca y debían informarme sobre cualquier intromisión de un sacerdote o de un alto prelado en la política.

—¿Tanta preocupación no lo convertía en un esclavo de la opinión pública? Si yo fuera reina o emperatriz, preferiría no enterarme de lo que se hablara de mí. Siempre hay críticos. ¿No es mejor ignorarlos para vivir con más tranquilidad? —pregunta miss Betsy, con su temprana agudeza.

—No, en lo absoluto. No sólo hay que saber lo que se dice, sino indicarles qué es lo que tienen que decir, cuándo y cómo. Sobre todo en estado de guerra.

El Gran Corso cierra los ojos. Su rostro se nubla, seguramente por algo que recuerda, por el sonido sordo de las trompetas llamando al ataque, por las glorias pasadas y por todo lo que ya no podrá conseguir.

—A veces lo observo agotado, desilusionado, como si continuara en guerra, no con sus enemigos, sino con usted mismo.

—Todo este tiempo he llevado al mundo sobre mis hombros; un oficio verdaderamente cansado, pero no se preocupe, querida niña. Vivo aquí bajo un peso que me agobia, pero no me aplasta. Resignarse es reconocer la verdadera soberanía de la razón, el verdadero triunfo del alma. Un hombre verdaderamente grande tiene la obligación de colocarse siempre por encima de los acontecimientos que ha provocado.

Terceras notas del narrador

¿Qué tiene que ver el jazz con Napoleón? ¿Cuál es la relación de Wynton Marsalis, Duke Ellington, Bob Eberly y Miles Davis con el Emperador? En primera instancia respondería que nada. Pero ayer fui a un concierto de jazz y esa música me inyectó —ya lo decía mi personaje— la emoción necesaria para destrabar este relato. Si bien el esqueleto de la historia está concluido, encuentro un Bonaparte un poco plano; definitivamente necesita más pasión, concluyo cuando escucho un solo de trompeta y observo el rostro absolutamente apasionado del músico que lo interpreta. Aplausos, muchos aplausos. No hay que esperar, como en un concierto de música clásica, a que terminen los tres o cuatro movimientos para aplaudir hasta que nos duelan las manos. Igual que los lectores frente a una novela: no hay que llegar al final para mostrar sorpresa, aprobación, completo rechazo o indiferencia. Siempre se puede aplaudir a la mitad del capítulo cinco o cerrar el libro antes del final.

La intensidad con la que los músicos tocan frente a mí es contagiosa: la manera como ese hombre de barba canosa arruga la frente cuando sopla, produciendo sonidos en su trombón. O la forma en la que el bajista cierra los ojos al acariciar las cuerdas de su instrumento. ¿Por qué la mayoría de los músicos cierra los ojos? Muchos los aprietan intensamente. ¿Es una manera de conseguir intimidad frente al público, de quedarse consigo mismos e ignorar al mundo de afuera con la idea de no permitir interferencias que afecten sus notas?

¿El Gran Corso haría el amor con los ojos cerrados para que nada lo distrajera, para que nada pudiera interrumpir esa ceremonia de transpiraciones y alientos compartidos?

Las frustraciones de un escritor se hacen presentes en el concierto. ¿Cómo encontrar la palabra correcta, el adjetivo preciso? ¿De qué manera darle voz a los personajes, hacerlos hablar, vivir, moverse en los diversos escenarios? ¿Cómo construir una novela si lo único que tengo a mi disposición son palabras? ¿En dónde quedan los olores, sabores, sonidos, colores, texturas, sensaciones?

De pronto me convierto en el director de esta banda de jazz. Al mover las manos entra una trompeta… provoco que miss Betsy llegue a Longwood… se intensifica el piano… pongo a Napoleón sentado, revisando su correspondencia, buscando una carta de su madre o sus hermanos… el baterista deja de tocar… la habitación es húmeda pero la madera del piso cruje con los pasos de la adolescente… el flautista espera otra indicación… Bonaparte voltea al escuchar el ruido, la mira de abajo hacia arriba y la imagina sin ropa… es el turno del saxofón soprano… tecleo una fantasía erótica del exiliado… Aquí necesita más intensidad; aquello, en cambio, requiere mayor suavidad, mucha delicadeza.

Llevo dos whiskys en la sangre y me preparo para un tercero. El alcohol, como la música, agudiza mis sentires (que no mis sentidos… ¿o sí?) y comienzo a escribir, impulsivamente, sobre los portavasos redondos. Mi escritura es, por lo tanto, circular. Las últimas palabras, con letra pequeñísima, quedan en el centro del portavasos. Voy anotando lo que siento tal y como llega a mi piel: sin orden ni explicación aparente.

Dos hermanas, que tal vez no han cumplido veinte años, empiezan a cantar *Blueberry Hill*. Llevan vestidos negros, entallados, que dejan ver sus hombros de piel joven y permiten adivinar sus muslos. Los hombres las miran y trato de distinguir, en sus ojos, los ojos de Napoleón. Podrían ser miss Betsy y su hermana Jane: una tiene el cabello largo y la mirada seria. La otra, el cabello corto, un poco desordenado y juguetón. Su mirada es traviesa. Canta lúdicamente. Provoca.

Las ideas continúan llegando como torrente. Decido que el espasmo gástrico que sufre el Emperador en el capítulo uno debería estar más adelante. Su salud fue empeorando poco a poco, y esto me obliga a hacer más progresiva y lenta su caída. Con las computadoras es fácil: un "cortar" y "pegar" son suficientes después de encontrar el lugar preciso y hacer algunas adaptaciones.

Sigo recibiendo la música sin oponer resistencia. Frente al jazz, los cuerpos comienzan a balancearse de manera casi involuntaria, casi inconsciente. Es imposible quedarse quieto. Los pies de los espectadores más fríos los traicionan al golpear levemente el suelo, siguiendo el ritmo. Los cuerpos se mueven ante la música como se mueven en el amor. Como se movían los de Bonaparte y Albine de Montholon el día que apareció miss Betsy sin previo aviso. Era jueves…

Elisabeth Balcombe llega esa tarde a Longwood, pues sabe que al día siguiente no podrá asistir a su visita semanal. Los compromisos de sus padres se convertían en un impedimento para la adolescente que adoraba conversar con el Emperador, hacerle compañía, suavizar sus sentimientos de lejanía.

Trae consigo la botella de Gevrey-Chambertin y algunas frutas que le había comprado a una vieja mulata en el mercado de Jamestown. Bananos sin una sola marca negra, una enorme piña y chabacanos.

Hay mucha neblina y la puerta principal está cerrada. Con el puño llama a la puerta, pero la única respuesta es la de un soldado, su compatriota, que pasea por los alrededores de la propiedad, cumpliendo su rondín. "No se registra actividad alguna, miss Balcombe", le dice desde su lugar de espía. Miss Betsy responde con una falsa sonrisa y decide rodear la casa. No había hecho un largo viaje en calesa para nada.

Deja sus regalos en la escalera que precede a la veranda y camina hacia el lado derecho, por el jardín invadido de hierbas, hasta las ventanas de la habitación del Emperador. El poco césped que ha conquistado un espacio en la tierra toma la forma de los zapatos de la adolescente; cede ante su peso. Al llegar a su destino, levantando los talones de sus huellas, se asoma por la ventana.

Cuando los ve, su primer impulso es retroceder enseguida, desviar la mirada, pero una curiosidad impulsada por no sabemos qué emoción escondida la hace permanecer quieta, en total silencio. La obliga a que sus ojos se entrometan, a que se vuelvan jueces intrusivos e impíos.

Ahí están, apenas escondidos por las manchas de los cristales, dos cuerpos desnudos. Ni él ni ella han tenido la precaución de cerrar los postigos de las ventanas, cubrirse con una sábana blanca o, al menos, dejarse la bata puesta.

Las nalgas del Gran Corso se mueven lentamente entre las piernas de la esposa del general De Montholon: de arriba hacia abajo en un suave vaivén, como el de las olas que mojan el acantilado de Longwood continuamente. El vientre del Emperador es demasiado abultado, pero a ella parece no importarle: tiene los ojos cerrados y rasguña la espalda de su amante, sin dejar marca aparente. El rostro de Napoleón se acerca a los senos blancos de Albine. Cuando quedan a la altura de su boca, le basta abrir los labios para lamer los pezones hasta sentirlos tensos y duros.

Betsy no puede impedir que se produzca un enorme vacío en esa parte del cuerpo a la que nadie ha logrado entrar… ni ella misma. Pero al mismo tiempo siente náuseas y, de pronto, la boca de su estómago se contrae…

Afortunadamente las notas de un solo de piano que interpreta *What a Wonderful World* logran que miss Balcombe regrese a su condición de personaje y que yo decida que esta escena, que pretendía ser erótica, no forme parte de la novela. El jazz y Napoleón se han asociado para censurarme. ¡Lo que consiguen los poderes de un monarca y de la música en perfecto contubernio!

Capítulo 6.

La victoria de Wagram
(o del arte de gobernar)

*La política es el arte de dominar a los hombres,
de seducirlos o combatirlos.*

CÉSAR

de collar, porta un delgado listón de terciopelo sobre el cuello. Los huesos de la clavícula, muy visibles, se rodean de una piel tersa, blanca, sin manchas ni huellas del paso del tiempo.

Los hombres también están elegantemente ataviados. Todos portan trajes militares adornados con galones. En medio, Napoleón, con su sombrero hundido hasta los ojos, uniforme de gala, bocamangas escarlata, cinturón, cordones y trenzas con nudos de lana verde y roja, botas a la húngara y la estrella de la Legión de Honor que brilla sobre su levita verde, lleva el ritmo de la conversación. Como es más bajo que los demás, todos se inclinan levemente cuando le hablan. Este hombre logra que hasta sus limitaciones físicas se conviertan en virtudes.

A lo lejos se ven las maniobras del campo militar de Deadwood. Los soldados ingleses marchan en filas perfectas y ordenadas.

—*À table!*—ordena el Emperador—. Para no perder la costumbre, la carne que el gobernador nos envió está echada a perder. Felizmente, Gourgaud mató algunos faisanes. Éste no será un desayuno imperial, pero por lo menos estamos en familia.

—A todos nos sorprendió su invitación —afirma el doctor O'Meara al sentarse.

—La rutina hace que el tiempo pase más rápido, es cierto. Todos saben que soy un animal de costumbres, pero de vez en cuando me hace feliz ignorarlas e inventar algo como esto para salir del tedio.

—*Sire*, aplaudimos su idea —dice, con voz melosa, madame De Montholon.

—Usted, querida Albine, no podía faltar. Por eso propuse este paraje cercano y de fácil acceso —le responde, señalando su vientre en avanzado

Este sábado, Napoleón ha organizado un desayuno campestre en Sane Valley. Miss Betsy y su hermana Jane han sido invitadas.

Cuando llegan, se sorprenden por el lujo conseguido: una espléndida tienda de color claro preside el lugar. Sobre magníficas alfombras han colocado una enorme mesa, vestida de manera exquisita con un mantel blanco que termina en encajes. En la cabecera está el sillón de Su Majestad. Las demás son sillas plegables, sencillas y ligeras.

Dos floreros llenos de "inmortales", que ahora crecen en toda la isla gracias a madame De Bertrand, adornan la mesa y le dan una nota de color amarillo. En cada lugar, la vajilla de Sèvres y las copas de Malmaison que el Emperador trajo de Francia llaman la atención de manera particular, tal vez porque es la primera vez que están al aire libre.

De algunos gomeros les llega un aroma particular.

Las damas, madame De Montholon y madame De Bertrand, se pasean con sus vestidos largos, elegantes, y sombrillas que las protegen del sol. El clima es estupendo.

Los rayos del sol hacen que el cabello rubio, casi rojizo de miss Betsy, se vea más brillante. Lleva un vestido azulado, con un ligero escote. En lugar estado de gestación. Miss Betsy voltea hacia atrás para que nadie note que sus mejillas han enrojecido: las siente hirviendo. Es obvio que el hijo que Albine espera es fruto de sus relaciones con el Emperador. ¿Cómo pueden ser tan descarados?

—¡Un brindis por el Emperador, por el más grande capitán del mundo! —propone monsieur De Montholon, turbado por la mirada con la que Su Majestad observa a su mujer—. Si nuestro hijo es varón, se llamará Napoleón.

—Y si es mujer, Napoleona —agrega su esposa, sonriendo con cierto aire de malicia. [10]

—¡Salud! —dicen.

Betsy se ve obligada a levantar su copa. Enseguida, todos comienzan a comer ante la seña de su anfitrión. Napoleón come con desorden y poca delicadeza, no porque ignore las buenas maneras, sino porque siempre actúa como si tuviera prisa, como si la vida fuera demasiado llena y tan corta que no le alcanzara para lograr sus propósitos e ideales.

Los criados, vestidos con libreas recamadas de oro, sirven el agua, el pan, vino de Borgoña para lo salado y de Constanza para los postres. Los otros platillos están sobre la mesa, en grandes recipientes de plata de tres pisos: faisanes en salsa de ciruela, un rostizado de cordero, pechugas de pollo al vapor de coñac, salchichas de perdiz, nabos y chícharos en su jugo, zanahorias caramelizadas. Para finalizar: quesos, bocados de la reina y fruta: uvas, naranjas, higos, guayabas y mangos.

---

[10] Cuando los Montholon llegaron a Santa Helena, ya tenían un hijo: Tristán. En la isla nacieron otros dos, a los que bautizaron como Napoleón y, a la más pequeña, como Napoleona Josefina. La niña falleció en Bruselas en 1819, cuando sólo tenía un año y ocho meses, durante el viaje de regreso a Francia.

—La vajilla es preciosa —dice Jane, que nunca la había visto. Sobre todo le han gustado la aceitera y vinagrera en forma de ave y los saleros con flores.

—Antes, cuando lo tenía todo, no ponía atención en los objetos bellos que utilizaba. Ahora los aprecio en su justo valor. Realmente nunca necesité muchas cosas materiales y jamás me gustó la decoración suntuosa, sólo estimaba lo que me era útil, lo indispensable.

Miss Betsy observa el comportamiento del Gran Corso con los demás. Siempre están a solas, así que para ella es una grata sorpresa verlo soltando una carcajada por cualquier comentario, contando pequeñas tonterías, historias divertidas para hacerlos reír. Quiere que todos estén felices, en armonía. Cuando lo desea, puede ser un gran conversador.

Después del postre, saca su tabaquera de oro y aspira un poco de rapé. Mientras sus invitados siguen conversando de temas livianos, sin importancia, Napoleón detiene su mirada en la nostalgia. Está completamente ausente, quién sabe en qué mundos o extraviado en qué pensamientos que lo han perseguido desde su arribo a la isla. Su rostro es serio, pero sus ojos conservan cierto brillo. Da un sorbo a su café hirviendo y, echándose hacia atrás, dice:

—Mmm… a veces la vida todavía es buena conmigo.

—Y con todos nosotros —agrega O'Meara—. Ustedes, los franceses, son expertos en disfrutarla.

—No cabe duda que el pueblo francés tiene dos pasiones igualmente poderosas que parecen opuestas y se derivan, no obstante, del mismo sentimiento: el amor a la igualdad y el amor a las distinciones —asegura el Emperador.

—¡Que viva el pueblo francés! —propone el doctor O'Meara.

—¡Que vivan las distinciones! —dice Emmanuel de Las Cases.

—¡Que viva el gran Napoleón Bonaparte! —agrega madame De Montholon.

—¡Que viva! —contestan todos, levantando sus copas.

—Gracias, pero lamentablemente mi destino no se ha realizado aún. Si no estuviera atrapado en medio de la nada, regresaría a acabar lo que apenas está esbozado. Necesitamos un código europeo, un tribunal de casación europeo, una misma moneda, los mismos pesos y medidas, las mismas leyes… es menester que yo haga de todos los pueblos de Europa un solo pueblo. ¡Qué viva Europa toda! —dice Napoleón, brindando.

—Me temo que los dueños de los tronos europeos no lo dejarían —responde Fanny Bertrand, tratando de no ser agresiva. Su esposo inmediatamente le hace una seña para invitarla a ser discreta, pero Napoleón se da cuenta.

—No se preocupe, nunca me enojo cuando me contradicen. De hecho, siempre he buscado que me esclarezcan —señala con calma—. Hablen de lo que gusten, expresen su pensamiento, estamos entre nosotros, estamos en familia. Puedo escucharlos a todos pero, eso sí, mi cabeza es mi única consejera. Además pregúntese, querida madame De Bertrand, qué es el trono. El trono en sí mismo no es más que el conjunto de unos cuantos trozos de madera forrados de terciopelo. El trono es un hombre, debería ser nuevamente yo, con mi voluntad, mi carácter y mi gloria.

—¿Realmente piensa que puede regresar a Francia y volver a convencer a su pueblo? —pregunta el doctor irlandés, el único, además de miss Betsy, capaz de cuestionarlo.

—¿Por qué no? Hay que mostrar dignidad al pueblo, pero no halagarlo, pues se creería engañado al no recibir todo lo que se ha prometido. Lo correcto no sería regresar a incitar las emociones de las multitudes, sino guiarlas sin que se den cuenta. Sobre todo, debo ser paciente. La política es una cuerda que se rompe cuando se tensa demasiado fuerte. No se hace política de la misma manera en que se ganan las batallas, eso lo saben los generales Bertrand y Montholon. Hay que dividirse para vivir, pero concentrarse para combatir; la política de esparcir las fuerzas es una estupidez, ¿cierto? —los dos hombres asienten con la cabeza, preparándose para lo que amenaza ser un largo monólogo—. No es tan fácil ganar en política y requiere más tiempo que una batalla. Sólo hay un secreto para mandar al mundo y se los voy a decir a ustedes, mis más queridos amigos —le da una palmada en el hombro a Las Cases—: la fortaleza, porque en la fuerza no hay ni error ni ilusión. Las naciones no pueden gobernarse con debilidad, ya que eso las daña. ¿Eso significa perder popularidad? Estoy dispuesto. Es difícil controlar a la gente sin perder popularidad, aunque haría mi mejor esfuerzo por establecer mi trono con firmeza, pero sobre la confianza y el afecto de la gente común. Un príncipe que adquiere la reputación de ser de buen corazón en el primer año de su reinado, recibirá burlas en el segundo.

—Los franceses todavía lo adoran —se aventura a decir Jane.

—¿Cómo lo sabe? —pregunta Fanny, curiosa.

—Nuestro padre no se cansa de repetirlo cuando lee los diarios. Le ha dicho a mi madre que la popularidad de Su Majestad puede medirse por las críticas de los ingleses.

—Es un buen termómetro —reconoce monsieur Bertrand.

—No importa mi popularidad ahora —suspira el Gran Corso—. Yo puse toda mi gloria para tratar de hacer de los franceses el primer pueblo del universo. Todo mi deseo, toda mi ambición era que superaran a los persas, a los griegos, a los romanos, tanto en las armas como en las ciencias y el arte. Francia era ya el país más bello, fértil, y las costumbres llegaron a un grado de civilización desconocido para la época. En una palabra, Francia ya era tan digna de gobernar al mundo como la antigua Roma. En fin. No es hora de discursos. Si alguien hubiera traído mis libros me hubiera gustado que me releyeran las campañas de Aníbal o algún canto de la *Iliada. Bon...* ¿No les apetece un partido de *revesino* o de *piquet? Mademoiselle* Elisabeth y yo daremos un paseo.

Jane comienza a levantarse para acompañar a su hermana pero Las Cases, con delicadeza, la retiene. Albine endurece la mirada mientras miss Betsy acepta el brazo que le ofrece el General y se despide de todos con un gesto, sin poder ocultar su orgullo. Caminan lentamente, sin dirección alguna.

—Ha estado muy callada hoy, *ma petite.*

—Me gusta observarlo cuando no está conmigo. Por momentos sentí como si lo estuviera espiando. Como si me entrometiera en una parte de su vida a la que no había sido invitada.

—¿Y le gustó lo que vio?

—Digamos que me divirtió. Es usted un gran anfitrión. Supo halagarlos a todos —Elisabeth saca su abanico, pues el calor del mediodía se ha hecho más intenso.

—Vamos —dice Napoleón cuando ve un manantial—. Metamos los pies para refrescarnos. No hay tanta agua como en la magnífica cascada de The Briars, pero servirá para mitigar el calor.

—Mejor bailemos —propone miss Betsy, tratando de evitar que el Emperador vea sus pies desnudos. Siempre ha pensado que los pies son la parte de su cuerpo que debe conservar en el mayor de los secretos.

—No hay música y, aunque la imagináramos, soy demasiado viejo. No es en la danza donde debo buscar mi brillo —sin esperar a su amiga, se sienta sobre una piedra, en la orilla del riachuelo y, ante la sorpresa de Elisabeth, mete sus pies con las botas puestas y sus espuelas de Wagram.

—¿No deseaba refrescarse? —pregunta la niña, recargándose en un árbol. Siente la corteza áspera y rugosa del tronco bajo la tela que cubre su espalda.

—Así me he refrescado siempre. Es un truco que aprendí en mis campañas. De esta manera mis pies descansan del calor pero no se mojan.

—Lo había olvidado. Hoy usted se despertó con ganas de hablar de sus campañas, de política y del glorioso tiempo pasado. Con ganas de regresar a Europa y rehacer la historia.

—¿Hablé demasiado?

—No, supo detenerse a tiempo.

—Menos mal —dice, con un falso gesto de alivio—. Uno de los primeros consejos que le di al príncipe Eugenio, cuando apenas tenía 23 años, era que aprendiera a escuchar, ya que el silencio es tan eficaz como el mostrar nuestros conocimientos. Mientras un príncipe guarde silencio, su poder será incalculable. Nunca deberá hablar, a menos que sea la persona más capaz del salón.

—¿Y usted era el más capaz en la reunión campestre de hoy?

—Ya no soy un príncipe, así que poco importa.

—¿Qué más le recomendaba a Eugenio? —pregunta, a sabiendas que su amigo necesita hablar, sentir que sus consejos aún son útiles.

—A Su Majestad, el príncipe de Beauharnais —dice, para que miss Betsy respete la etiqueta—, le decía que no se expusiera a ninguna clase de afrenta y, si sucedía, no debía tolerarla. Le repetí una y mil veces que más vale un ejército de ciervos comandado por un león, que una armada de leones comandada por un ciervo. Además, lo empujaba a que trabajara de una manera sobrehumana. Para ser la cabeza de un Estado, hay que trabajar por lo menos dieciocho horas al día. Debía ser un gobernante severo.

—¿Para qué sirven los discursos severos?

—Para evitar tener que llevar a cabo las amenazas. Sin la fuerza, la ley no sirve de nada. En fin… también lo animaba a que fuera un hombre prudente, circunspecto, que mostrara respeto por la nación que gobernaba, aún más al ir descubriendo menos razones para hacerlo, y que se adaptara a las costumbres de los pueblos. Cuando yo planeaba mis conquistas, lo hacía después de haber dedicado mucho tiempo a estudiar a los pueblos: sus costumbres y religión, su manera de ser y de pensar, su geografía, topografía e historia. No puede poseerse lo que no se conoce.

—¿Usted cree conocerme lo suficiente? —se atreve a preguntar miss Betsy desde la protección de su árbol, impulsada por una fuerza y una falta de pudor que no había sentido antes. Napoleón, turbado en un principio, la mira de reojo y continúa con su discurso:

—Hay que saber disimular, actuar. Conocer cuál es la impresión que quiere causar, el objetivo que desea conquistar y calcularlo todo de antemano, hasta los mínimos detalles. Este consejo, querida Elisabeth, es para usted: si no sabe exactamente lo que quiere de mí, lo que busca conseguir, no dé el primer paso. Son hechos, no palabras, los que muestran las verdaderas intenciones.

Capítulo 7.

La isla de Elba (o de los lamentos)

Me siento impulsado hacia una meta que desconozco. Cuando la haya alcanzado, cuando nada me impulse a ir más allá, un solo átomo bastará para derribarme.

NAPOLEÓN

Cuando miss Betsy llega hasta la recámara, Napoleón se encuentra sentado… desparramado, en realidad, sobre un canapé frente a la chimenea de mármol. El fuego convierte sus ojos gris-azulosos en negros brillantes, a pesar de que una pantalla de varias hojas lo protege del calor excesivo. La mirada es lo único que conserva la antigua chispa. El exilio lo ha transformado poco a poco en un hombre pesado, cansado y obeso. Sus rasgos responden más al fastidio y al aburrimiento que a la promesa de otra campaña, de la siguiente conquista.

Napoleón necesita prolongadas horas de sueño. No como antaño, cuando despertaba en sus habitaciones de Las Tullerías, en la madrugada, con una insoportable fiebre de trabajo. Su charola nocturna con bocadillos lo esperaba, y mientras mordisqueaba una pata de pollo o carnes frías, llamaba a su secretario en turno y le dictaba las instrucciones sobre el modo de comportarse en los bailes y en el teatro; le recordaba que era urgente elaborar una lista de los herederos que estaban por casarse; le decía que debían publicar la prohibición de que cualquier ópera se presentara sin sus órdenes, sobre todo si el tema había sido tomado de las Sagradas Escrituras; le dictaba la mejor manera de elaborar azúcar de remolacha o la receta de la sopa más adecuada para los gustos y necesidades del pueblo francés.

Ahora el Emperador permanece acostado durante horas, con un libro cien veces leído en la mano y la mirada detenida en el vacío.

Miss Betsy se queda en la puerta, observándolo. Hace varios viernes que no lo visita. ¡Cuánto ha cambiado su amigo desde que llegó y fue huésped de su familia durante dos meses! Pensar que éste es el mismo hombre al que temía antes de conocerlo, el terrible ogro francés que devora a los niños ingleses que no se aprenden sus lecciones, el odiado *Boney*. Sintió terror al principio y, después, una gran admiración cuando lo contemplaba. Ahora es piedad y una profunda ternura lo que la invade.

Sin acercarse, extiende su mano y acaricia el aire, como si acariciara la cabeza de Su Majestad, sus cabellos castaños tan finos. Cierra los ojos y percibe la dureza del cráneo. Podría decir que acaricia la fortaleza de sus ideales, su tenacidad, la enorme capacidad de trabajo, pero la adolescente piensa en el tacto de su piel, en sus yemas desplazándose por la nuca masculina.

—¿Ha llegado? —pregunta Napoleón al sentir su presencia.

No voltea, simplemente le tiende la mano esperando tocar la de la joven, sin quitar su mirada de las llamas. El Emperador siempre busca contacto físico: necesita tocar, acariciar, palpar, como si fuera la única manera de comprobar que las cosas que lo rodean realmente existen.

—Sí —responde miss Betsy abriendo los ojos.

Se ruboriza e ignora la mano del Emperador. Prefiere dejar la botella de vino sobre la mesa y distraerse buscando el descorchador. En esos momentos entra Ali con una copa de cristal de gran cáliz, saludando a miss Betsy con una amable sonrisa y una inclinación de su cabeza.

—Se acaba la leña y el maldito, mil veces maldito de Lowe no ha enviado más.

—Deberíamos usar carbón, *Sire* —responde el bibliotecario—; el fuego es más parejo. Calienta mejor.

—¡Odio el olor del carbón! Le tengo aversión a los malos olores y tú lo sabes. Mi nariz es muy sensible —le explica a la adolescente—. Nada más de imaginar un hedor me ahogo. Anda, abre las ventanas —le ordena al mameluco—, necesito respirar el aire que Dios ha hecho. Trae un poco de agua de colonia, esa que has inventado especialmente para mí.

Ali abre los pesados postigos y, con tal de evitar más reclamaciones, pone unas gotas de vinagre en el pebetero de esmalte. Sobre las manos de Su Majestad vierte un poco de la colonia que prepara cada quince días con limón, cidro, bergamota y romero. Napoleón se frota el rostro, el cuello y las manos con el líquido, como queriendo borrar algo de su pasado que se ha adherido a su cuerpo con fuerza.

—El gobernador no es tan malo —miss Betsy trata de defenderlo, inocentemente—. La madera está racionada en toda la isla. En The Briars también encendemos el fuego con carbón. En esta casa hay más de veinte chimeneas, no hay leña que alcance…

Napoleón se endereza. Sus ojos siguen brillando, pero ahora de enojo. Ali prefiere salir de la habitación antes que prepararse para una explosión de su amo.

—Hudson Lowe tiene el crimen impreso en su rostro. Su mirada es la de una bestia salvaje, de un hombre incapaz de una buena acción, no tiene fibras sensibles. El mal es su elemento y todo lo organiza para hacer daño —dice el Emperador, luchando contra el temblor de su mandíbula.

—Sólo está cumpliendo su trabajo.

—¿Su trabajo, cuál trabajo? ¿Asesinarme?

—¡Claro que no lo va a asesinar!

—Hay diferentes maneras de matar a un hombre: con una pistola, con una espada, con veneno o mediante el asesinato moral. Este último es el más cruel. ¡Su gobernador no es más que un matón a sueldo! Fíjese en su rostro patibulario como el de un esbirro veneciano. Tiene mirada de hiena, de verdugo. Su carácter autoritario esconde a un hombre temeroso, cobarde, indeciso y contradictorio. Su conducta ignominiosa pasará a la historia y créame, mi niña, que hasta los ingleses lo condenarán. Usted, *chérie*, no ha llegado a la edad en que uno se da cuenta de la perversidad de los seres humanos.

Miss Betsy desvía los ojos para evitar el peso de la mirada del General.

—¡Que si la leña, que si el carbón! —grita—. Todos estos detalles cotidianos me afligen. ¡Que lo sepa desde ahora! Aunque Lowe meta mis pies en el carbón ardiente de Montezuma[11] o de Guatimozin, no obtendrá nunca nada de mí.

Miss Betsy camina hacia los globos, el de la derecha representando la esfera terrestre y el de la

[11] Napoleón se equivoca, ya que el emperador Moctezuma II (1468-1520) fue asesinado de una pedrada. Hay otras versiones que dicen que fue a puñaladas o con una flecha. Bernal Díaz del Castillo asegura que fue un suicidio. En realidad Bonaparte quiso referirse al último rey azteca, Cuauhtémoc, quien fue torturado por los españoles.

izquierda, la celeste. Quisiera esconderse tras ellos. Pocas veces ha despertado la furia de Napoleón.

—Lowe tiene plenos poderes sobre mi cuerpo en esta isla, pero mi alma se le escapará siempre, pues es tan altiva y animosa como cuando gobernaba Europa. Ese gobernador es capaz de todo con su grosería... ¡hasta me envenenaría si tuviese el valor para hacerlo o si recibiera la orden!

—No diga eso. Mejor juguemos veintiuno —propone, para desviar la atención.

—Prefiero salir al jardín —confiesa, en un tono más relajado—. Necesito aire fresco de verdad. Vayamos al pabellón chino, tal vez veamos algún navío que viene o va. ¡Cuánto me gustaría poder subirme a uno y escapar de este infierno! Lo único bueno de esta isla, lo confieso, ha sido usted —Napoleón se levanta con dificultad, apoyándose en los descansabrazos del asiento.

—Entonces, juguemos a imaginar —dice miss Betsy, incorporándose de un brinco. Caminan juntos sobre el césped amarillento. La masa rocosa de Barn está totalmente cubierta por las nubes. Las piedras desnudas, casi negras, contrastan con algunas pendientes verdes—. Si hubiera podido elegir su destino final, ¿qué estaría haciendo ahora?

—Definitivamente viviría en América; siempre admiré ese inmenso continente en el que se respira una libertad especial. En Estados Unidos realmente los intereses públicos son los que gobiernan. Nada más piense en Washington, su apacible gloria me hizo temblar, emocionarme. Luchó contra la tiranía y consolidó la libertad de su patria.

—¿Y a qué se dedicaría si todavía no domina nuestro idioma? —pregunta, burlona.

—A escribir novelas en francés o a cultivar en la Luisiana. Fui yo quien les di esa tierra. En Francia me reprocharon haberla vendido a los americanos, pero se las hubiera regalado de cualquier manera, puesto que la guerra estaba llegando y los ingleses la hubieran tomado —el Emperador se peina la ceja derecha con el dedo índice—. Sin duda hubiese podido llegar a Estados Unidos gracias a mi celebridad o a un disfraz, pero pensé que mi dignidad no me permitía ni la máscara ni la fuga. O viviría en Londres escribiendo y aprendiendo historia como cualquier estudiante, entre el teatro y los salones literarios. Trataría de pasar inadvertido.

—Sería imposible que no lo reconocieran.

—Entonces estaría en Méjico. Ahí encontraría patriotas y me pondría a su cabeza para crear un nuevo imperio. Méjico… siempre me atrajo ese país. Siempre soñé con su grandeza, su inmensidad y lo maravilloso que sería poseer su trono. Tal vez regresaría a Europa, a luchar contra la marea de cosacos que nos invaden.

—Ésa es buena idea; hacerse matar en una guerra. Así se convertiría en el ídolo de los europeos. Suena bien eso de morir envuelto en enormes banderas francesas, ¿no?

—Pues lo dirá de broma, pero en las últimas batallas busqué una bala que me asesinara. Hubiera sido una muerte gloriosa.

Bonaparte y Elisabeth atraviesan el jardín, que está en plena reconstrucción. El Emperador mismo y Ali han decidido convertirse en jardineros para matar el ocio. Ya se observan avances: las hierbas invasoras han desaparecido y el lugar comienza a tener un aire de jardín francés, con pasillos y divisiones bien marcadas.

—En realidad preferiría regresar a Francia, disfrazado de ciudadano común y corriente. Enamorarme de una jovencita, dejarme consentir, hacerle uno o dos hijos, buscar empleo.

Miss Betsy se burla de la ocurrencia, no puede imaginarse al gran conquistador pidiendo trabajo. Al llegar al pabellón se sienta en la *chaise longue* de bambú mientras Napoleón observa el mar, de pie y con las manos cruzadas en la espalda. El océano es infinito, de un azul oscuro que revela su profundidad. Hoy está muy tranquilo, como si descansara y aprovechara la sutil calma para reorganizar sus aguas. Las nubes se reflejan, haciéndolo grisáceo en algunas zonas. No hay un solo barco. Eso le quita al Emperador las ganas de seguir imaginando una vida imposible. La evasión era un tema que ocupaba los primeros meses de su llegada, mas ahora la ha olvidado por completo.

—Si volviera a vivir, ¿qué cambiaría? —pregunta miss Betsy. Esa niña imprudente tiene la capacidad de plantear las preguntas más dolorosas, cuestionamientos que le obligan a la reflexión, a regresar hacia atrás y caminar nuevamente sobre las marcas que dejaron sus pasos.

—Hay días que pienso que no cambiaría nada y otros en que desearía poder transformarlo todo. No dejo de lamentar los errores de cálculo que cometí en Rusia: llevé demasiados hombres; un ejército difícil de alimentar. El país devoró a mis soldados. Las distancias eran enormes y mis generales se hallaban demasiado alejados. Ése fue otro error: mis hombres siempre dependieron de mí. Bien decía el zar

Alejandro que los milagros sólo se producían donde yo estaba… y no podía estar en varios sitios a la vez.

Miss Betsy permanece en silencio. Juega con un broche en forma de mariposa que adorna su vestido de muselina rosa. Sabe que Napoleón en realidad no habla con ella sino consigo mismo, y no desea interrumpir.

—Tensé demasiado el arco y confié demasiado en mi buena suerte. Anhelaba el imperio de Alejandro Magno y no supe detenerme a tiempo ni tomé en cuenta, ¡yo, que tan bien conocía el alma humana!, los peligros de la ambición y el orgullo. Mi madre lo dijo: "Queriendo abarcar demasiado, lo perderás todo." Debería haberme conformado con crear los Estados Unidos de Europa, pero tampoco percibí el odio popular de los alemanes y españoles. ¡Ah, los alemanes! Nunca les temí. Pensé que nada malo podría surgir de un pueblo de personas buenas, razonables, tranquilas, pacientes y tan poco inclinadas a los excesos.

Miss Betsy levanta la vista. Napoleón no se ha movido. Continúa con la vista fija en el mar. ¿Por qué le gustará tanto observar el océano? Es imponente e infinito. Piensa en la osadía de los marineros que un día se aventuraron a surcarlo sin saber en dónde comenzaba y en qué lugar terminaba. En los hombres que presentían un punto preciso en el que toda el agua se convertiría en una terrible cascada. Una tierra plana y miles de animales mitológicos amenazaban sus expediciones. En el horizonte alcanza a vislumbrar un pequeño bote pesquero.

—¿Quiere escuchar más errores? —pregunta Napoleón de pronto, dirigiéndole la mirada. Miss

Betsy asiente con sus ojos de gato y se prepara para oír lo que promete ser una larga y lamentable enumeración—: Haber respetado la dinastía de los Hohenzollerns, haber utilizado más poder del necesario, haber pasado el Niemen en 1812 antes que la guerra con España se hubiera resuelto, haber ordenado demasiado tarde el ataque en Waterloo. ¿Cómo es posible que treinta mil hombres, comandados por Grouchy, hayan perdido la hora y el camino? Otros errores: haber solicitado la amistad de los Habsburgo a mi regreso de Elba, haber perdido el contacto directo con mis soldados, haber dejado a mi hermano José a la cabeza de París, su debilidad lo perdió todo. También haber confiado en ustedes, los ingleses. ¿Cómo pude haber confiado en ustedes? Renuncié a mi trono por así convenir a los intereses del pueblo francés, me puse a disposición de los ingleses, de buena fe, para ser protegido por sus leyes… ¿Y qué hicieron? Me inmolaron. ¡Mire a dónde me fueron a mandar!

—Es injusto conmigo. Yo no tuve nada que ver con eso.

—Usted quería saber, ahora escúcheme; no admito mis fallas ante cualquiera. Otro error fue haber creído necesarios a mis hermanos para asegurar mi dinastía. No fui más que un hombre débil, sobre todo con los míos. ¡Qué bien lo sabían! Una vez pasado el primer choque, su perseverancia y obstinación acabaron por imponérseme y, cansado de pelear, hicieron de mí lo que quisieron. ¿Se imagina lo que usted sentiría si su hermana Jane la utilizara? Sufrí las intrigas y traiciones de servidores y amigos aunque, pensándolo bien —confiesa con una tristeza sombría—, he sido más bien abandonado que traicionado, ha habido más debilidad que perfidia en torno mío y soy de los que olvidan las injurias fácilmente. Me han reprochado por despreciar a los hombres, pero estará de acuerdo conmigo en que tengo muchas razones que motivaron mi desprecio. Los hombres me han mostrado su estupidez y debilidad, por eso tuve que perdonarlos. No podemos pedirle a una bellota que actúe como un encino.

—A mí nadie me ha decepcionado todavía. Espero vivir muchos años sin sufrir decepciones y estaré alerta para no cometer errores.

—Imposible. Es una condición inherente al ser humano: equivocarse. No cabe duda que mi juego se embrolló y no fui capaz de darme cuenta a tiempo. Además —suspira—, mi organismo se ha debilitado. Desde los cuarenta años me siento enfermo, casi viejo. ¿De dónde saco, ahora, las fuerzas necesarias? —pregunta, golpeando su vientre. Camina hacia la adolescente y se sienta a su lado. Extendiendo la mano, le pide la mariposa de tono rojo oscuro, rojo vino tinto de exilio. La palpa con sus manos delgadas y largas que todavía se conservan bellas, acaricia sus alas de piedras y cuando está dispuesto a cambiar de tema, miss Betsy dice, en voz muy baja, observando la crisálida:

—Rojo sangre… ¿Cuántos soldados murieron en sus guerras?

Su Majestad le devuelve el broche alado rápidamente, como si le hubiera quemado, pero conserva la calma. Lo único que traiciona su enojo son las aletas de la nariz, que comienzan a palpitar. Responde:

—Los necesarios, únicamente los necesarios. Cometí errores, pero no crímenes. Mi eterno enemigo Chateaubriand ha dicho que en los once años de mi reinado fallecieron cinco millones de franceses, pero le aseguro, querida y feroz niña, que sólo murieron quinientos mil soldados y doscientos veinte generales, ni uno más. Recuerde que a mí nunca se me escapó una sola cifra, un número, ningún detalle.

—También se dice que traicionó la revolución al coronarse Emperador —ataca de nuevo.

—¿Quién lo dice? ¿Su padre, el gobernador, la prensa inglesa? ¡Fui yo quien sostuve al Directorio! Lo que hice fue canalizar la revolución, construirle un camino más tranquilo y controlado. Logré estabilizarla. Sin mí, la revolución se hubiera aniquilado desde el 13 vendimiario. No me arrepiento ni me arrepentiré nunca de haberme ceñido la corona y haber deseado hacerla hereditaria. Tampoco de haber creado mi nobleza; sin ella, mi gobierno hubiera sido invadido por la antigua nobleza. Pero ese sueño duró lo que duré yo: ahora mi hijo se considerará feliz con tener cuarenta mil francos de renta anuales. Lo único que podré dejarle será mi honor intacto, y mi nombre.

Miss Betsy prefiere dar la discusión por terminada, así que corre hacia el prado y se recuesta sobre el pasto, muy cerca del estanque de los peces. La mayoría de los peces anaranjados que Bonaparte mandó comprar en Jamestown ha muerto. Pero sobrevive el pequeño pez albino que Elisabeth le obsequió, orgulloso de ser distinto y necio.

La sigue la mirada del Emperador, que le recuerda a la de las águilas. Algunas tardes dos águilas sobrevuelan la casa de los Balcombe, cerca de Jamestown, en busca de cualquier roedor, de un ser reptante o de una presa fácil y cuando Betsy las observa volar tan alto, verlo todo desde arriba, recuerda a Bonaparte y sus ojos agudos.

—Venga, venga. Acompáñeme a contemplar las nubes.

—El cielo nocturno de esta isla es magnífico —dice el exiliado, recuperando la calma—. Si fuera de noche, podríamos admirar las estrellas. Antes me sabía sus nombres, sobre todo el de la mía. Ahora los astros me han olvidado. Mejor veamos el vuelo de las gaviotas. Me gusta adivinar hacia dónde van. Quisiera saber si su vuelo es uniforme y obedece a un patrón de conducta —propone Napoleón al acostarse, con mucho trabajo, sobre la hierba. No acaba de acostumbrarse al exceso de peso, a la grasa que rellena ciertas zonas de su cuerpo lampiño.

—No nos compliquemos. Vea las nubes conmigo, mire, la que está encima de nosotros tiene forma de borrego.

—De muchas ovejas juntas, dándose calor. Ovejas encimadas y apretujadas que semejan una gran nube.

—Y esa de allá parece conejo.

—Será un conejo sin orejas…

—Es un conejo con las orejas hacia atrás, escondidas. Está clarísimo.

—Tengo hambre, ¿ya son las seis?

—No lo sé. El cañón todavía no ha sonado. ¿Acaso se le antojó un estofado de mi conejo desorejado?

—O de perdiz, aunque en esta isla me conformaría con la comida que dábamos a las tropas: pan, arroz, brandy y carne.

—¿Y usted, el Excelentísimo Emperador, qué acostumbraba comer? —pregunta, forzando el tono.

—Comer nunca me gustó demasiado. Apenas dedicaba unos diez minutos a esa actividad ociosa. Debe saber que uno se puede enfermar por haber comido demasiado, pero nunca por haber comido poco. En fin, casado con Josefina, llegaba siempre tarde a la mesa. En una ocasión me esperó hasta las once de la noche. El pobre cocinero real había hecho rostizar veintitrés pollos: uno cada veinte minutos, para que alguno estuviera en su punto a mi llegada. *Ma petite Louise* era más estricta para los horarios y me acostumbró a cenar a las seis treinta de la tarde en punto.

—¿Cuál es su platillo favorito? Yo adoro el budín de pan y pasas que prepara mamá, o el de ciruela.

—También añoro la comida de *madame Mère*, mi madre. Los platillos italianos son más naturales y sencillos que la elaborada cocina francesa. Mmmm… lo que más me gusta son los macarrones con parmesano, las coliflores al gratín y las cerezas. Un buen plato de cerezas, porque me recuerdan a *mademoiselle* du Colombier, un amor de mi juventud —la mirada del exiliado regresa a las nubes, en un vano intento de buscar la figura de una mujer.

—¿En qué piensa? ¿En las cerezas?

—No, en que sigo con hambre. Quédese a cenar hoy, miss Betsy, nos acompañará *madame* Bertrand. Tal vez la carne no esté podrida; el gobernadorcillo siempre envía carne echada a perder —la adolescente ríe, apenada, como si tuviera la culpa—. Brindaremos por las nubes y sus formas caprichosas con el vino que amablemente me trajo, y usted lo hará con refresco de grosella. Podemos imaginar que escuchamos *La Creación* de Haydn, que ocupamos una lujosa mesa de mi palacio de Fontainebleau. Yo, con mi traje de seda y terciopelo bordado en oro, la capa azul de Marengo y zapatos de hebilla perfectamente lustrados. Sin olvidar mi espada de oro, la que tiene águilas, abejas, ¡mis abejas!, y una corona de laureles en la empuñadura.

—Y yo con un vestido escotadísimo también en terciopelo…

—De manufactura francesa, obviamente, y tonos frescos, claros —interrumpe el hombre—. Odio a las mujeres vestidas de colores oscuros.

—Como usted quiera. Perlas adornando mi escote. El cabello recogido con una diadema de piedras preciosas —miss Betsy suelta su pelo para volver a recogerlo utilizando su broche de mariposa—. ¿Cuál es el menú de hoy, *Sire?* —pregunta, haciendo una exagerada reverencia.

—Filetes de perdiz a la *Montglas*, *fricassée* de pollos a la *chevalière*, costillas de cordero a la *Soubise*, cola de buey rellena, puré de castañas, lentejas y ejotes en su jugo. De postre, crema a la francesa y *gelée* de naranjas maduras. Eso sí —grita Napoleón, como si estuviera dándole instrucciones a los cocineros—, la carne bien cocida, pues la que sangra me produce horror.

Ella sonríe y mira los labios, también sonrientes, de Napoleón. Observa su piel, pálida y amarillenta. Esa nariz casi perfecta: nariz griega ligeramente caída.

—¿Y la vajilla, la decoración, los manteles?

—Obviamente cenaremos con mi servicio de porcelana de Sèvres. Los platos exquisitamente decorados con vistas de Egipto, Alemania, Italia, París. El café se servirá en las tazas con bordes de oro y los medallones de personajes egipcios, mamelucos, beduinos. Los cubiertos para el postre serán los de esmalte y…

—¡Olvidó mencionar la pastelería vienesa! Es imprescindible para cualquier banquete real, ¿cierto?

—Nada quiero que venga de Austria —responde rápidamente el Emperador. Su mirada se hiela—. Es mejor regresar a casa. Comienza a hacer frío y realmente tengo hambre.

Caminan en silencio. La repentina brusquedad parece exagerada, pero miss Betsy sabe que su comentario inoportuno ha invocado mil imágenes del rey de Roma, ahora duque de Reichstadt; el hijo al que Napoleón nunca más verá. Cuando Su Majestad piensa en él, en su cara graciosa y melancólica, se pregunta qué tipo de educación le darán los Habsburgo, con qué principios estarán nutriendo su infancia… ¿Y si le inspiran horror hacia su padre? Prefiere mil veces que muera ahogado en el Sena o degollado a que crezca en Viena como príncipe austriaco.

—Sin duda, mi hijo ya olvidó mi rostro. Cuando juego con los chiquillos de Bertrand, al ayudarles en sus tareas, en las diferentes lecciones que les obligo a repasar… cuando los observo discutiendo o jugando, imagino que es Alejandro con quien estoy. Era al único a quien le permitía interrumpirme en las reuniones ministeriales y hasta lo dejaba revolver los peones de madera que estaban sobre un mapa, en preparación de la próxima batalla. Me tiraba al piso y él se subía sobre mis piernas dobladas, como si montara a caballo. Lo abrazaba cada vez que podía, levantándolo súbitamente del piso. ¡Lo hacía reír tanto! Si entraba a mi gabinete de trabajo, invariablemente lo sentaba en mis rodillas, lo mecía, acariciaba su cabello, sus mejillas, para admirar la franqueza de su expresión y de sus sentimientos. Usted también, querida Elisabeth, tiene mucho de niña todavía: sin complicaciones dice naturalmente lo que le viene a la cabeza. Cuando le da hambre o tiene cualquier antojo, no lo duda, simplemente pide. ¡Feliz época la de la infancia, es la edad de oro de la vida del hombre! —discretamente palpa una miniatura de su pequeño que acostumbra cargar en el bolsillo, y acaricia el mechón de sus cabellos que un botánico de los jardines de Schönbrunn le trajo, en secreto, el mes pasado.

—¿Qué hacen esos chinos? —pregunta miss Betsy señalándolos, ante la incapacidad de hacer otro comentario.

—Cuidan mi huerta. ¡Para lo que ha servido! Unas cuantas papas, chícharos demasiado pequeños, rábanos y ejotes pálidos. Los duraznos de Longwood son duros, amarillos y las naranjas, malísimas. Las legumbres, pésimas. Pero vamos, entre, entre, desde aquí puedo oler la cena. ¿Qué habrán preparado hoy el buen Lepage y *mademoiselle* Sablon? —pregunta el general, abriendo la puerta principal.

—Yo pensé que no era aficionado a la comida.

—En este lugar tedioso, húmedo, lejano, aburrido y rutinario, hasta la carne dura y el pésimo pan que envían los ingleses me emocionan.

—En este lugar tedioso, húmedo, aburrido y no sé qué otras cosas, usted es un privilegiado por comer carne, aunque esté dura. Los colonos no pueden matar al ganado sin el permiso del gobernador. En mi casa, por ejemplo, casi nunca hay carne roja, y eso que mi padre adora el *roast beef.*

Verdaderamente los ingleses son demasiado bárbaros para ser delicados, piensa el Emperador imaginando la carne sangrante, pero no se atreve a decirlo. No quiere que su amiga se vaya enojada. Entonces, trata se suavizar las cosas:

—Pero siempre hay pollos, pavos, patos y cochinos lechales. Caros, pero disponibles. No es para quejarse.

—Es lo que digo yo: se queja demasiado.

—No se preocupe. En el fondo sé que el pensamiento madura tanto en el éxito como en el sufrimiento, aunque le confieso que sufriría menos con estas cosas, si supiera que un día alguien dará a conocer al mundo las humillaciones que hemos sufrido aquí, cubriendo así de oprobio a los culpables.

—Conmigo no cuente para eso: precisamente hoy amanecí sintiéndome más inglesa que nunca.

—Se nota.

De pronto, un agudo dolor de estómago obliga a Napoleón a doblarse, a colocar la cabeza sobre sus rodillas y sus manos abrazando el vientre. El rostro se le descompone en un instante. Palidece. Profiere un agudo lamento y parece que va a perder el sentido. El fiel Marchand llega corriendo al escuchar los gritos de miss Balcombe: *Help, help!* Con la mano derecha, el Emperador hace una señal, alejando a Marchand, manteniéndolo a una prudente distancia.

—Recuéstese —dice Elisabeth.

—Imposible, debo morir de pie.

Levanta la cabeza, buscando los ojos adolescentes, de azul profundo. Respira despacio para recuperar el aliento y se tranquiliza cuando siente la mano de Elisabeth sobre su frente. Su contacto lo consuela.

—¿Es grave? —pregunta ella, desde su mirada prístina.

—Estoy convencido de que es mortal —responde Napoleón, todavía con un rictus de dolor en su rostro—. Hubiera querido morir como un soldado. La muerte no es nada, pero vivir derrotado y sin glorias es morir a diario. ¡Cómo maldigo mi feroz impotencia!

Guarda silencio por un momento que parece eterno. El viento amargo, insistente, silba al pasar entre el follaje de un encino. Cuando miss Betsy está a punto de decir algo, Napoleón concluye:

—La vida es un sueño ligero, insustancial, que pronto se disipa…

Últimas notas del narrador

equivocan. No hay objetividad alguna en los ojos con los que los artistas contemplan a su sujeto.

Las dos pinturas que encontré sobre el pasaje de San Bernardo, en los Alpes, no podrían ser más distintas. Ambas retratan la famosa escena en la que la armada francesa atraviesa los Alpes por el pasaje Gran San Bernardo, en mayo de 1800, durante la segunda campaña de Italia contra los austriacos.

El primer cuadro es grandioso, realizado por el pintor favorito del Emperador: David. El General monta a *Styrie*, su caballo blanco (él mismo decía que a caballo nunca sentía miedo). El animal está relinchando, con las patas delanteras en el aire y un ojo que muestra temor pero energía. El ojo está rodeado de venas hinchadas, a punto de reventar. Napoleón, con una capa amarillo-naranja que ondea con el viento, elegantemente ataviado con su traje militar, nos mira decidido. Luce tranquilo y, por si fuera poco, muy atractivo. Su mano derecha está hacia arriba, señalando su destino. La mano izquierda, con un guante blanco recamado en oro, toma las bridas. Todo en este cuadro corresponde a lo que Hegel decía de Bonaparte: "Es el alma del mundo a caballo".

La segunda pintura fue realizada años después de la muerte de Su Alteza. El caballo es negro y lleva la cabeza hacia abajo; no pueden distinguirse sus ojos. Napoleón luce muy pálido sobre el fondo gris de nieve y frío. Lo cubre un abrigo también gris. Su rostro muestra una gran tristeza. El hombre parece pequeño, endeble, disminuido. La imagen que plasmó Paul Delaroche no es la que correspondería a un héroe.

En la mayoría de los retratos, el Gran Corso pocas veces mira de frente y, cuando lo hace, su

Hay tantas descripciones del físico de Napoleón Bonaparte, que no pretendo contaminarme. Películas… no he querido ver ninguna desde que comencé la novela. Temo que cada vez que piense en Josefina sea el rostro de Isabella Rossellini el que corra a mi encuentro. No deseo una invasión de Napoleones rondando por mi mente, queriendo ganar el espacio más importante: desde el sublime personaje creado por Abel Gance en 1927 hasta el caracterizado por Christian Clavier en la serie televisiva realizada en el 2002, pasando por Werner Krauss, Marlon Brando, Charles Vanel, Armand Assante y Patrice Chéreau entre muchos otros actores. Decido, entonces, poner frente a mí todos los retratos del verdadero Napoleón que he juntado.

Los observo dejándome seducir por su poder de fascinación, por esa mirada llena de fuerza, sus ojos constantemente puestos en el futuro, sus labios decididos. No sé cuál es la razón, pero los labios de su máscara mortuoria, sobre todo el inferior, lucen más abultados que en sus retratos.

Los rostros de su juventud son siempre pálidos, delgados, con el cabello castaño largo y un fleco desordenado que cubre la frente. Hay una enorme cantidad de óleos que narran sus batallas. Una vez más, quienes dicen que el arte imita la vida se gesto tiene un dejo de insolencia, de vanidad. Es raro encontrarlo en la pose que la historia se encargó de hacer famosa: la mano derecha adentro de su chaleco blanco, a la altura de la boca del estómago, justo debajo de sus medallas.

Los cuadros de su madurez lo retratan con varios kilos de más, tanto en el vientre como en el rostro. Con el cabello corto y algunos mechones despeinados sobre la frente.

Ya rozando la muerte, Bonaparte es otro: rostro sombrío, taciturno, desencantado. Con la barba de varios días, sin el uniforme que lo convertía en un personaje imponente. Ahora su vestir luce descuidado, la ropa arrugada y, en lugar de su tradicional sombrero bicornio, un pañuelo madrás en la cabeza. La mirada siempre hacia abajo.

Los cuadros del día de su muerte narran la miseria humana del exiliado. El Emperador murió el 5 de mayo de 1821 a las 17:49 horas en la cama de campaña que usaba en sus batallas. Una cama pequeña, plegable, con un colchón demasiado delgado. No falleció en un inmenso lecho con baldaquinos o dintel y grandes cortinas de seda verde. Fue una muerte terrible. Ya no absorbía la comida. Su rostro no es su rostro: está irreconocible. Su carácter tampoco es el mismo: humilde, suplica por una cucharada de café, pide permiso, obedece como un pequeño. Vomita tanto, a veces con filamentos de sangre, que hay días en los que tienen que cambiar las sábanas y su ropa por lo menos siete veces. Envuelven sus pies y sus piernas en franelas calientes y, sin embargo, tiembla de frío. Sus pensamientos van y vienen hacia todo lo que deseaba conseguir y hacia todo lo que no pudo terminar. Me siento roto, tengo gatos negros en mi espíritu, decía. Mis días están contados.

Al morir le quitaron el hígado, el corazón, el pene y los testículos. Envolvieron su cuerpo en satén acolchado y fue enterrado en Santa Helena, en una tumba sin nombre, bajo sauces llorones.

Seguramente en Buckingham celebraron el acontecimiento: un enemigo menos en la escena mundial. Brindaron con la euforia que les está permitida a los ingleses, eternamente flemáticos.

Según dicen las letras que le dan título a este apartado, estoy escribiendo las últimas notas. La novela, entonces, podría terminar en cualquier momento. Me entristezco. No es fácil comenzar; se requiere esfuerzo y tenacidad, pero es más difícil finalizar porque se vuelve imprescindible aceptar el desprendimiento. Guardar los retratos, encontrar un lugar para los libros que ocuparon, durante mucho tiempo, gran parte de mi escritorio. Lo más difícil: dejar de ver sus rostros, el de Él y el de Ella, y no escuchar más sus eternas conversaciones cada vez que cierro los ojos.

Capítulo 8.
Waterloo, batalla censurada
(o de la nada, la muerte y la melancolía)

Todo hombre, sea lo que sea,
conoce una última felicidad y un último día.
GOETHE

Entre más envejezco, más me doy cuenta
que cada quien debe cumplir su destino.
NAPOLEÓN

Cuando miss Betsy desciende de la berlina, observa al Emperador con un fusil en la mano, conversando con alguien que le parece conocido. Antes de despedirse, le da un napoleón de oro y unas palmadas en la espalda. Elisabeth espera a que el hombre de color se aleje para acercarse a los escalones que llevan hacia la veranda. Napoleón viste con total informalidad: una casaca blanca, zapatillas rojas y sombrero de paja.

—¿Y él, y eso? —pregunta volteando a ver al hombre y señalando el arma.

—*Bonjour, ma chère petite.* Esto es un fusil que no está completamente armado por culpa del inútil de Ali. Él es un esclavo malayo que a veces me ayuda. Es Tobías, ¿no lo recuerda?

—¿Tobías, el viejo Tobías? Solía ser jardinero en nuestra casa.

—Algún día quise comprárselo a su padre para otorgarle la libertad, pero el gobernador lo impidió. Era muy amable conmigo, siempre llegaba con fruta fresca, recién recolectada.

—Pero ¿qué es lo que sucedió ahora? —cuestiona, siguiendo a Napoleón hacia el interior de Longwood. Ya era raro que saliera. Uno de sus pocos placeres, los paseos a caballo, habían sido suspendidos porque su salud se estaba deteriorando poco a poco.

—Que el ganado se metió a mi jardín y comenzó a comerse mi pasto, mis flores, mis arbustos, mi todo. Apenas ayer Ali había limpiado a fondo mis fusiles y no estaban listos para disparar. Le grité, le di una patada… creo que fui demasiado rudo con mi fiel y abnegado Ali. Tal vez herí su amor propio. ¡Bah! Mañana lo arreglaré con una palabra amable.

—¿Acaso pensaba dispararle a las pobres vacas?

—No, nada más quería asustarlas. Pero de eso se encargó Tobías. Las persiguió por todos lados, azuzándolas con su sombrero. A la más necia, hasta tuvo que empujarla para que dejara de comerse mis acacias. La semana pasada maté a una cabra de *madame* Bertrand y ayer, a tres gallinas del cocinero. ¡Ya es hora de que controlen a sus animales!

Miss Betsy decide que lo más prudente es quedarse callada y olvidar a la cabra. Cuando entran al comedor, la pieza más encerrada de Longwood, el Pequeño Caporal comienza a gesticular:

—¡Estos olores! ¿Ya le he dicho que mi nariz es muy delicada?

—Ya… creo.

—Son las malditas velas, que apestan a grasa de ballena. Sólo me mandan productos de pésima calidad.

Deja su sombrero sobre la mesa y continúa con la plática mientras descorcha, él mismo, la botella de Gevrey-Chambertin que la ha dado su amiga. Miss Betsy se sienta en una de las sillas que rodean la enorme mesa de madera. Es raro que el Emperador la reciba en el comedor. Odian esa pieza por ser la más oscura.

—Ese pobre Tobías es un hombre arrancado a su familia, a su suelo natal y a sí mismo y vendido como esclavo. ¿Puede haber un tormento mayor para él? ¿Y un crimen mayor en los demás? —pregunta, vaciando la mitad del vino en una jarra de cristal. Enseguida le pone agua de una garrafa y se sirve una copa—. Por Tobías, este brindis es por Tobías y todos los exiliados.

—Cuando Tobías trabajaba en The Briars, lo tratábamos muy bien. Mi padre con respeto, mamá con deferencia y mis hermanos y yo hasta con cariño.

—Eso no le quitó su condición de exiliado ni le regresó su libertad. ¿O sí?

—Usted también es un exiliado. No puede volver a Francia, no tiene familia, han prohibido que su madre venga a visitarlo, revisan su correspondencia, cuentan y saben lo que come y bebe, lo que hace todo el día. Le han quitado todo... usted es como Tobías.

—Se equivoca, pequeña mía. Hay una gran distancia entre el pobre de Tobías y el rey Ricardo primero.

—¿Ricardo primero?

—Es decir: no puede compararme con Tobías. Si lo que se atenta contra nosotros es más refinado, también las víctimas somos, por lo mismo, más distinguidas. El universo me contempla. Millones de hombres me lloran, la patria suspira y la gloria está de luto.

—No deja usted de ser Napoleón Bonaparte. ¿Algún día fue un hombre sencillo?

—Nunca, desde joven fui ambicioso. Desde joven tenía un espíritu imaginativo, fantasioso y confianza en mí mismo. Siempre pensé que más valdría no vivir que no dejar huellas de la propia existencia. Alcanzar la gloria, la inmortalidad, eran mis metas.

—Pues huellas sí que ha dejado…

—Además, acepte que la desgracia también tiene su heroísmo. La adversidad faltaba a mi carrera. Si yo hubiese muerto en el trono, entre las nubes de omnipotencia, habría continuado siendo un enigma para mucha gente. ¡Hoy, gracias a la adversidad, podrán juzgarme al desnudo!

—¡Ya lo han juzgado tanto! Todos los hombres, de todos los tiempos, de todos los países tendrán algo que decir de usted.

—Y usted podrá explicarles, por ejemplo, qué fue lo que hice bien y qué lo que hice mal.

Miss Betsy se dirige hacia el piano negro que está en el comedor, a un lado de la puerta que da hacia la biblioteca. Abre la tapa y, de pie, comienza a tocar un minueto de Bach. Si, la, sol, re, sol, si, re. Aunque Elisabeth comete varias equivocaciones, Bonaparte tararea la pieza y mueve la mano derecha como si estuviera dirigiendo una orquesta. Papararara-pa-pa.

—No tiene caso —dice ella, cerrando el piano—, nunca voy a tocar bien este instrumento.

—En la música, como en la literatura y en la pintura, el talento creativo es un don individual. Estoy seguro que usted tiene ese don…

—No puedo tocar, es imposible.

—¡Imposible no es una palabra francesa!

El Emperador se sienta en una de las sillas del comedor y recarga sus codos en la mesa recién pulida. Sobre la madera brillante está su copa de vino y, en el otro extremo, algunos libros y atlas. Entrelaza los dedos y, enseguida, apoya su mentón sobre las manos. Miss Betsy se sienta en la silla de enfrente.

— ¿Sabe? En los últimos días le he estado dando vueltas y vueltas al asunto de Waterloo, no puedo dejar de pensar en eso.

—¿Waterloo? —pregunta la adolescente, sin entender qué tiene que ver con Bach, la música o lo imposible.

—Hubiera puesto a Soult a la izquierda. No hubiera utilizado a Vandamme ni debería haber confiado en Jerónimo. Grouchy se extravió, Ney estaba fuera de sí, D'Eilon se confesó inútil, mi artillería se volvió ineficaz a causa del terreno… —murmura, ignorando la pregunta de Elisabeth.

—¡Ah, su batalla!

—No cualquier batalla, ya que fue la que decidió mi suerte: sus compatriotas y los prusianos vencieron a mis tropas. No cabe duda que los errores a veces están en los detalles, en las cosas aparentemente poco importantes —recita un fragmento del *César* de Voltaire:

J'ai servi, commandé, vaincu quarante années.
Du monde, entre mes mains, j'ai vu les destinées.
Et j'ai toujours connu qu'en chaque événement
Le destin des États dépend d'un seul instant.[12]

—Los hombres sólo piensan en las batallas, en las guerras —dice Elisabeth con rostro de aburrimiento.

---

[12] Yo serví, comandé, vencí cuarenta años. / Del mundo, entre mis manos, vi los destinos. / Y siempre conocí que en cada evento / el destino de los Estados depende de un solo instante.

—Mi deber era buscar la paz. Sin embargo, para lograrlo, tenía que prepararme para la guerra. ¿Usted cree que yo no sufría al contemplar a las víctimas?

—¿Su muerte servía de algo?

—Sí, servía para mostrarles a los reyes esa carnicería, e inspirarles el amor a la paz y el horror de la guerra.

Miss Betsy se levanta. Hoy no está de muy buen talante, algo le preocupa. Una pequeña catarina llega volando desde el jardín y se posa en el vestido de la adolescente.

—Dicen que las catarinas son portadoras de buenas noticias o de buena fortuna —afirma el General.

En esos momentos observa, con detenimiento, el vestido de *mademoiselle* Balcombe. Es demasiado elegante para una visita de viernes. En rojo intenso, de tafeta y seda. Encajes en las mangas abombadas y los hombros apenas cubiertos por un chal casi transparente, diáfano. Un collar de coral y oro adorna su escote, pronunciado y profundo. Elisabeth prefiere ignorar el comentario, que encuentra irónico en esos momentos, y hojea un almanaque enorme que está sobre un extremo de la mesa.

—¿Qué le parece, pequeña? ¡Hermoso imperio! ¿No es cierto? Tenía yo ochenta y tres millones de hombres que gobernar.

—Ochenta y tres millones —repite ella, lentamente.

—Sólo espero que sobreviva mi obra, pues siempre he pensado que los hombres no son verdaderamente grandes sino por las instituciones que dejan tras de sí.

—¿Su obra? Habla como si fuera un artista.

—Hay otro tipo de obras. A Francia y a Europa les di una estructura, leyes, códigos. Fundé la Legión de Honor —comienza a hablar como si algo lo quemara por dentro, moviendo las manos con rapidez. Miss Betsy nunca lo había visto gesticular así—, revolucioné el arte de la guerra con mi Gran Armada, creí en el comercio libre, apoyé a la industria nacional, sobre todo los textiles, la química y los armamentos. Logré que la agricultura creciera con nuevos productos como el tabaco, la papa, la remolacha azucarera. Realicé obras hidráulicas y marítimas: puertos, canales, diques, túneles. Puentes, arcos del triunfo, rutas y caminos. Mi código, por su simplicidad, hizo más bien en Francia que la masa de todas las leyes que me precedieron. Mi imperio llegó a ser más vasto que el de César o el de Carlomagno.

—No cabe duda de que usted es un hombre ambicioso.

—Mucho. Por todos lados donde mi reino pasó, dejó huellas duraderas de su beneficio. Quise darle a los franceses todos los bienestares posibles. Se creó la Banca de Francia, la Bolsa, se reabrieron las escuelas primarias y las universidades. Fundé la Escuela Normal Superior, la Universidad Imperial y varios liceos con disciplina militar, básica para la formación de los jóvenes. A usted, por ejemplo —dice, viéndola de reojo para estudiar su reacción—, no le caería mal un poco de disciplina militar.

—Odio todo lo que tiene que ver con la guerra. ¿Qué más? —pregunta, no sin cierta ironía.

Napoleón sigue hablando mecánicamente.

—Reorganicé las finanzas. Impedí que aumentaran los impuestos; ordené que fueran indirectos. Generé riqueza, mucha riqueza. La ciencia progresó. ¿Ha oído usted hablar de Gay-Lussac, Cuvier, Lamarck…? —al ver el rostro de miss Betsy, dice—: Ya la aburrí, ¿cierto?

—No, es muy interesante pero me pregunto qué siente ahora, cuando no le queda nada.

Elisabeth acaba de hacer ese comentario y ya está arrepentida. La frente del Emperador se nubla. Su tez se vuelve más pálida todavía. Aprieta los puños hasta sentir sus cortas uñas clavarse dolorosamente en las palmas de sus manos, que no muestran la menor callosidad. Toma un largo trago de vino y escucha el viento amargo golpear las contraventanas de madera.

—Disculpe, no debería…

—Olvídelo. Tiene razón, no me queda nada. Ni siquiera un poco de salud.

—Pero hoy tiene mejor semblante —le dice ella, tratando de animarlo. Las últimas semanas lo ha visto sombrío, aburrido, triste y no sabe cómo darle la noticia.

—Es el primer día que dejo mi habitación. Desde ahí escuché la misa el domingo pasado. La migraña era insoportable. Cuando estoy mal o cuando me siento enfermo, no me gusta que me vean —el Emperador comienza a rascarse los brazos con fuerza. La dermatitis es tan molesta en ciertos días que se rasca hasta sangrarse.

—*Sire*…

—¿Sí?

—¿Quiere jugar algo, naipes por ejemplo?

—Las cartas se echaron a perder por la humedad. Y las que se salvaron fueron mordidas por las malditas ratas que lo invaden todo. Son hambrientas y audaces. Apenas ayer se comieron una cataplasma que Ali preparaba en una cacerola, y el lunes mordieron la mano de Bertrand cuando dormía.

—En The Briars no hay ratas.

—Aquí sobran. Pregúntele a la condesa de Montholon. La pobrecita debe meter las patas de las camas de sus hijos en tinas de agua para impedir que las ratas se suban en las noches.

—Pongan veneno. Mi papá puede conseguir…

—Tenemos veneno, ése no es el problema. Pero esos asquerosos animales se mueren en los lugares más inaccesibles y apestan toda la casa. Los domésticos chinos les ponen trampas y después se las cenan.

—¿A las ratas?

—Claro.

—¡Qué asco! Nada más de imaginarlo siento el estómago revuelto. Mejor cambiemos de tema. Si quiere, puedo leerle una tragedia en voz alta —la mujer se levanta y se dirige hacia unos libros apilados sobre una cómoda—. ¿El *Edipo* de Voltaire, por ejemplo, o la *Muerte de César?* —pregunta, tomando un ejemplar y revisando los otros que se amontonan sobre la mesa del comedor para saber por cuáles mundos anda su amigo en los últimos días: *La Constitución francesa, Aritmética decimal, La revista enciclopédica, Anales de química, El inglés cosmopolita* y *La década filosófica.*

—La tragedia es el género que más me gusta, debería ser la escuela de reyes y pueblos, ya lo he dicho, pero hoy no tengo ganas de escuchar ninguna.

—¿Y esto? —pregunta miss Betsy al ver una pila de libros idénticos, empastados en piel roja del mismo tono, con el nombre de Napoleón Bonaparte en letras doradas.

—Mis libros.

—¿Usted los escribió? —vuelve a preguntar Elisabeth, revisando los títulos: *Cuadernos de expresión, Sobre el suicidio, Disertación sobre la autoridad real, La nueva Córcega, Discurso sobre la felicidad, Reencuentro en el Palais Royal...*

—Sí. Escribí más de diez obras.

—¡No lo sabía! ¿Por qué no me lo había dicho? Me hubiera gustado leer al menos una.

—Nunca he podido dejar la pluma, usted lo sabe. La necesidad de crear me ha atormentado desde mis primeros años. Siempre quise ser un gran escritor y, también, un gran historiador.

—Si desea, puedo leer algún fragmento de sus textos.

—Ya le dije, no estoy de humor para lecturas en voz alta.

—Bien, entonces juguemos a los recuerdos. ¿Se acuerda del día que me escondió mi vestido nuevo cuando me preparaba para asistir a mi primer baile? Era un vestido adornado con rosas. ¿Y de la primera vez que jugamos a la gallina ciega? Nunca logré atraparlo y mi mamá llegó alarmada al escuchar los gritos que resonaban por toda la casa. ¿O cuando tuve el atrevimiento de preguntarle, frente a mi padre, cuántas amantes había tenido? —Napoleón le da otro largo trago a su vino y sólo responde:

—Hoy el vino, como el viento, tiene un sabor amargo.

Unas tenues lágrimas salan las mejillas de Elisabeth. Trata de disimularlas recorriendo la habitación, con la mirada hacia los muros, como si estuviera contemplando los cuadros enmarcados en dorado.

—No llores —le pide con voz apagada el Pequeño Caporal, tuteándola por primera vez en tres años—, tus lágrimas me hacen perder la razón y me queman la sangre. Dejemos la sensibilidad para las mujeres.

—Pero yo soy mujer…

—Pero no una mujer cualquiera. ¡Ah, tu educación todavía no está terminada puesto que no sabes disimular! ¿No es mejor que me digas, de una vez, lo que tienes que decirme?

—No me atrevo, *Sire*.

—Pequeña Betsy, ¿no aprendiste nada de este hombre viejo? Has sido para mí como un borbotón de agua en el desierto. De agua fresca, espontánea, encantadoramente irrespetuosa. Agua transparente, atolondrada, que me ha hecho feliz, me ha divertido y emocionado. Me ha dado vida.

Su Majestad se levanta. Camina con lentitud hacia miss Betsy, la toma del hombro izquierdo y, con la mano derecha, le acaricia el cabello suelto y un poco desordenado por el viento. Miss Betsy cierra los ojos y acerca su rostro al del hombre. Abre la boca y moja sus labios con su lengua rosada. Napoleón percibe su aliento de salvia y menta, su perfume discreto. El cuerpo tan cercano, que mil veces quiso acariciar, que tantas noches deseó, tiembla. Él se estremece. Entonces, con una infinita dulzura, besa la frente de Elisabeth. Ella abre los ojos y se aleja rápidamente, como si hubiera visto al diablo. Su mirada cuestiona, pero los labios no pueden decir nada. Toma el sombrero que dejó sobre una silla y se dirige hacia la puerta. Antes de salir, le pregunta con una voz que apenas se escucha:

—¿Por qué? Soy una mujer como cualquier otra y, además, soy rubia como usted desea. No soy fea y… —su voz se quiebra.

—No entiendes…

—*Monsieur*, entiendo perfectamente. Sólo venía a anunciarle que este domingo partimos en el *Winchelsea* mamá, papá, Jane, mis hermanos y yo. Regresamos a Inglaterra y… y… y… —miss Betsy no se atreve a continuar, no se atreve a decir lo que verdaderamente está sintiendo. No quiere enfrentar el dolor que comienza a encoger sus órganos vitales: estómago y alma. A punto de estallar en llanto, respira profundamente para tranquilizarse y, ante la incapacidad de decir cualquier otra cosa, se despide fríamente—. Que tenga usted muy buena suerte el resto de su exilio.

Napoleón no intenta detenerla, pero le dice:

—Betsy, yo siempre he puesto mi corazón dentro de mi cabeza…

La adolescente se ha ido, ya no puede escucharlo. Su Alteza se queda solo, de pie, mirando el infinito por la ventana, el cielo que nunca reposa. Algunas gaviotas pasan debajo de una nube en forma de conejo. El general siente una increíble tristeza, un enorme vacío que se aloja junto a su estómago enfermo. La fortuna es una verdadera ramera, lo ha repetido con frecuencia y ahora lo comprende. Sí, la suerte es una completa puta, mil veces puta… Trata de consolarse con la idea de que Elisabeth Balcombe se ha ido justo a tiempo: comenzaba a perder su naturalidad y juventud. Los caprichos de niña que tanto le gustaban se habían embotado y su alegría disminuía. Traté de educarla más allá de su espíritu, piensa. No es la primera en abandonarlo ni será la última. ¿No se han ido ya Las Cases, Gourgaud, O'Meara? La partida de Betsy es simplemente una de tantas…

Sin embargo, el eterno exiliado sabe que los viernes de las próximas semanas la esperará de pie, en medio de su despacho, con la espada al cinto y el sombrero bicornio bajo el brazo. A su lado, una charola de marfil con una copa de cristal. Todos los viernes, hasta su muerte, seguirá esperándola.

De pronto se pregunta cómo se las arreglará ahora Hudson Lowe para hacerle llegar su botella de Gevrey-Chambertin, que cada vez le es más necesaria.

—¡Bertrand, Bertrand! —grita.

—¿*Sire*? —llega el hombre, apresurado.

—Recuérdeme, cuando mi muerte se acerque, que le escriba una carta a *mademoiselle* Balcombe. Es de alta prioridad y usted será el encargado de entregársela en su propia mano.

—Sí, Su Majestad —responde con una mirada extrañada, queriendo cuestionarlo.

Afuera, un viento tibio comienza a soplar. Primero con suavidad, rodeando la casa de Longwood una y otra vez cual buitre en espera del último suspiro de su presa. Después silba, enojado, azotando puertas y ventanas, tirando algunos tablones de madera que esperaban formar parte de la barda que rodea la huerta. El viento mueve violentamente las ramas del árbol favorito del exiliado, una y otra vez. Es un viento furioso, amargo… y profundamente triste.

El Emperador se encierra en su habitación a pesar de la terrible humedad que lo carcome todo, que se escurre por las paredes y por su mirada. Está decidido a recluirse el mayor tiempo posible, el tiempo necesario para dejar de extrañarla.

Londres, diciembre de 1840

Lucia Elisabeth Balcombe todavía nos observa detenidamente. Sin prisa, como si ello fuera parte de una ceremonia mortuoria, saca tres páginas muy delgadas. Las desdobla con muchísimo cuidado y comienza a leer, despacio, tratando de darle un lugar exacto a cada letra, el peso preciso a cada frase. Al leer, miss Betsy siente que las palabras escritas por Napoleón tienen el sonido de su voz volcánica, su acento corso y ese peculiar timbre que tanta falta le hace:

Santa Helena, día 4 de abril del año 1821
Chère Mlle. Balcombe,
Quien esto le escribe ya no sabe cómo se llama ni en dónde quedaron sus ideales de convertir a los franceses en el primer pueblo del universo tanto en las armas como en la ciencia y en todas las manifestaciones del arte, pero no importa. ¡Y pensar que siempre creí que viviría hasta los noventa años, la edad indispensable para la consolidación de mi imperio! Esos tiempos ya no existen. Fui un instrumento de Dios. Él me sostuvo mientras realicé sus designios, después me rompió como un vaso. Pronto… no quedarán ni las astillas.
Antes que nada debo advertirle que la sangre meridional corre en mis venas con la rapidez del río Rhône, perdone si encuentra difícil leer mis

garabatos. Una carta como ésta nunca debe ser dictada.

Cuando me despierto en las noches tengo muy malos momentos al recordar en dónde estaba, quién llegué a ser y en dónde estoy ahora. Pero lo peor llega cuando me acuerdo de que usted, mi niña, se encuentra a miles de leguas de distancia. Me hacen falta sus juegos, sus preguntas, sus ocurrencias tontas y esa mirada un poco salvaje, un poco hechicera.

Gracias a mi memoria, cuando sufro invoco su figura exaltada, sus manos delicadas, en constante movimiento. Sigue siendo, pequeña Betsy, un corazón joven y un recuerdo de vitalidad y entusiasmo que todavía me ayuda a olvidar mi suplicio. Sepa usted que su imagen me hace sonreír, que su recuerdo es superior a mi castigo.

Escribo esta carta para pedirle perdón y para implorarle que no se sienta culpable. Usted no fue más que otra víctima, dulce e inocente, de la maldad de los ingleses para conmigo. ¡Es falso que una enfermedad del hígado esté a punto de acabar con mi vida! ¡Falso que tenga una dolencia incurable en el estómago y que vaya a morir como mi padre! Fue usted, queridísima Betsy, mi verdadero y único verdugo. Su preciosa mano, blanca, casi transparente que apenas me he atrevido a tocar, ha traído la muerte a mi casa y yo me la he bebido porque, en realidad, aunque siempre estuve en contra del suicidio (sólo el cobarde teme los sufrimientos), estoy muerto desde que llegué a esta isla maldita. Estoy en una tumba.

Hudson Lowe, ese chacal repugnante, ese buitre asqueroso se aprovechó de su inocencia.

Sabiéndola divina, la convirtió en una mensajera fatal. ¿O no se le hace extraño que, odiándome, cada semana me obsequiara una botella de mi vino favorito? ¿No es sospechoso que ordenara, con tanta insistencia, que guardáramos las botellas vacías y que enviara, semana tras semana, a un oficial a recogerlas? ¡Cómo se divierten los míos aventándolas al acantilado o haciéndolas estrellar contra una pared para no entregarle más que algunos pedazos de cristal verde! Trozos de evidencia.

Los ingleses no se contentaron con matarme mediante el aislamiento, el exilio, el olvido: tenían que garantizarse su victoria envenenándome y lo hicieron a través de la mano más querible: la suya. Su condición de cobardes, su falta de imaginación no les permitió otro final menos ridículo. Muero prematuramente, asesinado por la oligarquía inglesa y su sicario. Lo que se hizo conmigo será una eterna vergüenza para la nación británica. En todos lados habrá reacciones a mi favor.

Que le quede claro, niña mía, que lo supe desde el principio. Desde el primer viernes que llegó y me pidió que le contara la fábula del cordero y el lobo. Que le quede claro: siempre presentí que no saldría vivo de Santa Helena, y si morir era la condición indispensable para regresar a mi querida Francia, era mejor apresurar a la muerte. Además, reconozcámoslo: el veneno del alma, la melancolía, ha tenido más efecto en mí que cien dosis de arsénico.

Lo dice Voltaire mejor que yo, en *Zaïre*:

Mais à revoir Paris je ne dois plus prétendre.
Vous voyez qu´au tombeau je suis prêt á
descendre.[13]

¡Dulce muerte! Ahora la siento muy cerca. Me
estoy apagando, lo sé. Mi hora ha sonado. Ya no
soy nadie, mis fuerzas, mis facultades me abando-
nan. Hasta rasurarme me parece un trabajo digno
de Hércules. ¡Qué fatiga! Estoy tan débil que no se
necesitaría una bala de cañón para matarme: un
grano de arena sería suficiente. Los dolores son terribles, como si tuviera un cuchillo por dentro.
¡Cómo sufro! Ya no soy el valiente Napoleón; no
soporto los violentos ataques de espasmos gástricos,
ni siquiera con opio. El maldito viento me amarga,
la luz me irrita, no aguanto ver mi rostro hinchado
y amarillento. No espero más que mi muerte para
salir de este infierno.

Consuélese usted, ya que mi alma será libre.
En cuanto a mi cuerpo, se convertirá en nabo o
zanahoria. ¡Qué importa! Ya vegeté aquí durante
seis años.

Adiós, querida mía, no me olvide. Quedo
a sus pies para siempre, dentro y fuera de la muerte…

Su Napolione Di Buonaparte

---

[13] Pero volver a ver París, ya no debo pretender.
Ustedes ven que a la tumba estoy listo a descender.

Post scriptum… Post mortem

EXTRACTO DEL *MONITOR UNIVERSAL*
DEL 7 DE JULIO DE 1821

Se recibieron, por vía extraordinaria, los periódicos ingleses del 4 del mes corriente. La muerte de Bonaparte se anunció, ahí, oficialmente. Aquí están los términos en los que *The Courier* da esta noticia:

"Bonaparte ya no está más: murió el sábado cinco de mayo a las seis horas de la tarde de una enfermedad larga que lo retenía en la cama desde hacía cuarenta días. Pidió que, después de su muerte, su cuerpo fuera abierto para reconocer si su enfermedad era la misma que aquella que terminó con los días de su padre, es decir, un cáncer de estómago. La apertura del cadáver comprobó que no se había equivocado en sus conjeturas. Conservó el conocimiento hasta el último día. Murió sin dolor…"

Sobre el destino y la muerte de Napoleón Bonaparte hay muchas teorías y se han escrito más de doscientos libros y artículos. La que aquí se presenta nació únicamente de la imaginación creadora. Mi aclaración —probablemente innecesaria— se debe a que el Gran Corso no es un personaje cualquiera. Ahora bien, dentro del mundo de ficción que ofrecen las novelas, los lectores pueden elegir entre el funesto vino de Elisabeth Balcombe, el arsénico con el que lo mató el general Montholon,[14] el cianuro que contenía su jarabe de horchata y las almendras amargas que acostumbraba comer o la supuesta evidencia de que se utilizó un fuerte veneno para ratas. También hay finales más esperanzadores que nos aseguran que regresó a Francia y un doble ocupó su lugar en Santa Helena, o que logró escapar de la isla, contrajo matrimonio con miss Betsy y vivieron como una pareja común y corriente en la Luisiana, Estados Unidos.[15]

Para no sentirse culpables frente a la objetividad de la historia, los lectores de esta novela pueden recurrir a tesis aceptadas por rigurosos y estrictos investigadores.[16]

Las teorías más coherentes y científicas nos hablan de dos posibles diagnósticos: que Bonaparte falleció de cáncer de estómago y de una úlcera en el mismo órgano, o de un absceso en el hígado, probablemente una hepatitis supurada.

La más reciente, apenas el 2004, habla de una dosis de seiscientos miligramos de cloruro mercúrico que le administraron para limpiar sus intestinos dos días antes de su muerte. Esto pudo haber sido la causa final del fallecimiento del Emperador.

Los entusiastas de la conspiración afirman, con base en las grandes cantidades de arsénico encontradas en los cabellos de Napoleón, que murió envenenado por los ingleses, específicamente por

---

[14] Esta teoría es la más popular entre los "envenenistas". Nació en 1960 de los estudios de un médico sueco llamado Forshufvud.
[15] Versiones de las películas *Las nuevas ropas del Emperador: la muerte de Napoleón* y *Monsieur N*, respectivamente.
[16] A los interesados, les recomiendo la lectura del libro *Autour de l'empoisonnement de Napoléon*, de varios autores, editado por Nouveau Monde Éditions y la Fondation Napoléon, París, 2001.

orden de Hudson Lowe.[17] Los que rechazan esta teoría dicen que la pintura o el papel tapiz que se usaba en esa época para las paredes contenía arsénico. Otros afirman que el arsénico lo inhaló del humo del carbón quemado.

Lo cierto es que su salud nunca fue la ideal: desde joven tenía la tez cetrina, biliosa. Sufría de dermatosis y eczema crónico. También tuvo un trastorno urológico (disuria) que le afectó y atormentó toda su vida. Era extremadamente sensible al frío. En Santa Helena se le extrajo un diente, se le inflamaron las encías, sufrió de amigdalitis, de hinchazón de las piernas y de una probable hepatitis. Padecía gripa constantemente, fiebre, tos, dolores en la espalda, en el pecho, estómago e hígado.

Un resumen de la autopsia nos indica, entre otras muchas cosas, que Napoleón tenía los pies muy pequeños y las manos tan menudas que parecían más las de una mujer que las de un hombre. En realidad, tenía una tendencia corporal hacia lo femenino. Era lampiño. Sus ojos, antes de cerrarlos para siempre, conservaban su color gris y tenía los dientes sanos, bellos. Todavía no tenía canas, sin embargo, aparentaba ser un hombre más viejo de lo que realmente era. Los cabellos le fueron totalmente rasurados. Su piel era pálida, amarillenta, pero su boca conservaba una ligera sonrisa. Sus genitales eran muy pequeños.

El famoso exiliado estaba extremadamente delgado, pues su cuerpo ya no aceptaba alimentos,

---

[17] Uno de los primeros en lanzar la hipótesis del envenenamiento fue el doctor Sten Forshufvud, toxicólogo sueco a quien se menciona en una nota anterior. René Maury, profesor de economía de la Universidad de Montepellier, relanzó la teoría en 1994 sobre bases nuevas.

aunque su abdomen era muy voluminoso. Tenía las mejillas hundidas. Una extraordinaria cantidad de grasa cubría casi todo el interior de su pecho, sobre todo el corazón que, literalmente, estaba envuelto en grasa. El pulmón izquierdo presentaba cavidades tuberculares pequeñas. El riñón izquierdo era más pequeño que el derecho y la vegija mostraba lesiones evidentes. En el estómago, que fue colocado provisionalmente en una gran sopera de plata, había una masa café pardusca que correspondía a una ulceración gástrica que había erosionado la pared y se había adherido firmemente al hígado.

Su médico personal, el doctor Antommarchi, trató de llevar a cabo un examen del cerebro para encontrar en qué descansaba su genialidad, pero los ingleses se lo impidieron, como también le prohibieron enviarle el corazón a María Luisa.

De su cuerpo, además de los restos que reposan en Los Inválidos, se conservan varios mechones de su cabello castaño, dos pedazos de sus costillas, dos fragmentos de su intestino y el pene imperial, que fue adquirido en Christie's, en 1972, por un urólogo estadounidense. También existe todavía la sábana sobre la que hicieron su autopsia, manchada de la sangre del Pequeño Caporal.

Como no podemos estar seguros de nada —es uno de los encantos de la ficción—, dejemos que sea un periódico de la época (*The Courier* del 15 de mayo) el que concluya esta historia:

Bonaparte fue enterrado el 9 en el valle de Sane, que él mismo había designado. El féretro fue portado por granaderos, MM. Bertrand y Montholon llevaban la mortaja; madame De Bertrand los seguía con todos sus hijos. El cortejo lo cerraba Lady Lowe, esposa del gobernador, acompañada por sus hijas, como ella, en gran duelo. Las colinas estaban coronadas por tres mil hombres de las tropas de tierra y de mar. En el momento en el que el féretro tocó la tierra, once piezas de cañón dispararon tres salvas. El general Bonaparte había nacido el 15 de agosto de 1769, día de la Asunción.

Ciudad de México, octubre de 2005

Apéndice I.
Personajes

Abades Bounavita y Vignali
Religiosos que llegan a Santa Helena en 1819 para
oficiar la misa dominical en la casa de Bonaparte.
El primero fue comisario de la Inquisición en México durante mucho tiempo. El segundo tenía estudios de medicina.

Antommarchi, Francesco (1780-1838)
Médico personal de Napoleón. Llegó a Santa
Helena en 1819. Era un gran anatomista y fue uno
de los que llevaron a cabo la autopsia del Emperador. Bonaparte lo odiaba tanto, que decía que le
iba a heredar una cuerda para que se colgara por
haber sido un hombre sin honor. En 1825 publica
un libro: *Los últimos momentos del Emperador Napoleón en Santa Helena.* Muere de cólera en Santia-
go de Cuba, después de haber pasado por México.

Balcombe, Elisabeth (1802-1871 o 1873)
Hija de William y Jane Balcombe. Conoce a Napoleón a los 14 años y construyen una bonita (pero
criticada) amistad. Parte de Santa Helena en 1818.
Más tarde acompaña a su familia a Australia, donde su papá recibió un cargo en el gobierno. En 1844,
ya casada con Charles Edward Abell, publica sus
memorias. En 1840 recibe al general Montholon y

a Luis-Napoléon Bonaparte en Londres. Este último, diez años después y ya convertido en Napoleón III, le otorga una concesión agrícola en Argelia. En 1959, lady Mabel Brooks, sobrina nieta de Elisabeth Balcombe, compra The Briars y la dona a Francia, en memoria de miss Betsy.

Balcombe, Jane
Mamá de miss Betsy. Mantiene una relación cordial con Napoleón.

Balcombe, William (1779-1829)
Padre de miss Betsy. Empleado de la Compañía de las Indias Orientales, llegó a Santa Helena desde 1807 con su mujer y dos hijas. Los menores, William, Thomas y Alexander, nacieron en la isla. Es él quien controla las provisiones de Longwood, la residencia del Emperador. Tiene una buena amistad con Napoleón desde el principio, cuando lo aloja en su casa, The Briars, a su llegada a Santa Helena. En 1823 lo envían a Australia, como tesorero colonial.

Beauharnais, Eugenio
Hijo de Josefina, llegó a ser virrey de Italia y siempre mantuvo muy buenas relaciones con su padrastro.

Beauharnais, Hortencia
Hija de Josefina, se dice que fue amante de Napoleón. Se casó con Luis Bonaparte y se convirtió en reina de Holanda.

Beauharnais, Josefina (1763-1814)
Marie-Joseph Rose Tascher es su verdadero nombre.

Nació en Martinica y se casó en Francia, a los 16 años, con Alexandre de Beauharnais. De esa unión nacieron Eugenio y Hortencia. Su esposo fue guillotinado durante la revolución. Contrae nupcias con Napoleón en 1796 y se divorcia en 1809, por no haber sido capaz de darle un heredero. Muere en 1814 de un resfriado, poco tiempo después de haber recibido al zar en Malmaison, traicionando a Napoleón.

Bertrand, Fanny de (1785-1836)
De soltera Fanny Dillon (de origen irlandés), se casa con el general Bertrand. Igual que Josefina, pasa su infancia en Martinica. Acompaña a su esposo al exilio en Santa Helena, donde se lamenta durante seis años aunque frente a Bonaparte siempre estaba de buen humor. Era una mujer distinguida y elegante. Su conocimiento de la sociedad inglesa le fue muy útil al Emperador. Su cuarto hijo, Arthur, nació en Longwood. Muere de un cáncer de seno a los 51 años.

Bertrand, Henri-Gatien (1773-1844)
Conde y general, participa en las principales batallas de la Gran Armada: Austerlitz, Iena, Eylau, Friedland, Wagram. Napoleón lo casa con una protegida de Josefina: Fanny Dillon. En 1813 se convierte en gran mariscal del Palacio, y a partir de ese momento estará junto al Emperador hasta su muerte (Elba, Waterloo y Santa Helena). Bonaparte pensaba que era un hombre honesto, pero mediocre. De 1816 a 1821 se dedicó a escribir *Cuadernos de Santa Helena*. A los 67 años regresa a la isla por los restos de Napoleón. Ahora reposa junto a él en Los Inválidos.

Bonaparte, Alejandro (1811-1832)
Heredero al trono, hijo de Napoleón y María Luisa, recibe los títulos de Napoleón II y de rey de Roma. Conocido como *L'Aiglon*, se convierte en una víctima de la historia. Cuando su padre es exiliado, crece en la corte austriaca con el título de duque de Reichstadt y casi abandonado por su madre. Muere de tuberculosis a los 21 años. En 1940, por órdenes de Hitler, su cuerpo fue llevado a París, junto a su padre.

Bonaparte, Caroline (1782-1839)
Hermana de Napoleón. Casada con el general Joachim Murat, uno de los principales generales de Napoleón: juntos combaten y ganan importantes batallas; en 1808 Murat se convierte en rey de Nápoles y Sicilia.

Bonaparte, Charles-Marie (1746-1785)
Padre de Napoleón. Era un notable corso de la pequeña nobleza. Después de estudiar derecho, se convierte en asesor de justicia en Ajaccio. Fallece antes de cumplir 40 años.

Bonaparte, Elisa (1777-1820)
Hermana de Napoleón. Princesa de Lucques y Piombino, y duquesa de Toscana, se casó con Félix Baciocchi, de una familia de Ajaccio. Su reinado en Florencia es una broma, pues su hermano nunca la deja tomar decisiones. Después de Waterloo, se retira con su esposo a Trieste, donde posee un magnífico palacio.

Bonaparte, Jerónimo (1784-1860)

Hermano de Napoleón, quien lo obliga a divorciarse de una norteamericana con la que se había casado sin su autorización. Después lo hace que contraiga nupcias con Catherine de Wurtemberg, perteneciente a la realeza de la vieja Europa, por lo que se convierte en rey de Westfalia. En 1850 es mariscal de su sobrino, Napoleón III. De esta familia desciende el actual príncipe Charles Napoléon.

Bonaparte, Joseph (1768-1844)

Hermano mayor del Emperador. Fue miembro del Consejo de los Quinientos en el 18 Brumario. Jurista de formación, llegó a ser rey de Nápoles y Sicilia y, más tarde, rey de España y de las Indias. Más que militar, era un hombre que amaba el arte, la estética y la diplomacia. Cuando Napoleón es enviado a Santa Helena, él parte hacia América y se establece cerca de Filadelfia, bajo el título de conde de Survilliers. No es invitado a la ceremonia del regreso del cuerpo de su hermano. Se retira a Florencia, donde muere.

Bonaparte, Lucien (1775-1840)

Hermano de Napoleón. Fue presidente del Consejo de los Cien Días y un gran apoyo de Napoleón para su golpe de Estado, pero después se convirtieron en enemigos. Viudo de Christine Boyer, se casa nuevamente con Alexandrine de Beschamp, sin el permiso de su hermano. El Papa le otorgó el título de príncipe de Canino. Es el abuelo del cardenal Bonaparte y de Pierre Bonaparte, asesino de Victor Noir.

Bonaparte, Louis (1778-1846)

Hermano de Napoleón. Rey de Holanda, esposo de Hortencia (la hija de Josefina) y padre de Napoleón III. Napoleón lo destina a la carrera militar.

Bonaparte, Pauline (1780-1825)

Hermana de Napoleón, era muy bella y la más fiel y afectuosa con él. Se casa en primeras nupcias con el general Leclerc, y después con el príncipe italiano Camille Borghese. Su vida cotidiana es divertida, pero escandalosa. Lucha por visitar a su hermano en Santa Helena, pero nunca obtiene el permiso. Muere en Roma, en el palacio Borghese.

Cipriani, Franceschi (1773-1818)

Maître d'hôtel en Longwood. Nacido en Córcega, desde joven entra al servicio de la familia Bonaparte. En 1814 acompaña a Napoleón a la isla de Elba, y el General lo manda al continente para espiar lo que se tramaba en el Congreso de Viena. En Longwood se encarga de conseguir las provisiones, de mandar correspondencia clandestina a través de barcos mercantes y de enterarse de todo lo que pasa en la isla. Cipriani es el encargado de vender la plata de Napoleón en los mercados de Santa Helena. Fue acusado de ser espía de los ingleses por el general Gourgaud, que estaba celoso de su relación tan cercana con el Emperador. Su repentina muerte en Santa Helena despertó todo tipo de rumores.

Constant, Louis

Sirvió a Napoleón como valet desde 1800 hasta su primera abdicación. Lo sucedió Louis Marchand. Se retiró a Picardie y ahí publicó sus *Memorias* en 1830.

Chateaubriand, François René de (1768-1848)

Escritor poco conocido en Francia antes de 1826. Publica su primera obra, *Ensayo sobre las revoluciones*, en 1797. Crítico y enemigo de Napoleón, vivió mucho tiempo en el exilio. En 1814, cuando cae el Imperio, publica *De Bonaparte a los Borbones*.

David, Jacques Louis (1748-1825)

El pintor y retratista favorito de Napoleón. Sus cuadros más conocidos son: *Bonaparte atravesando los Alpes* (1801), *Napoleón en su gabinete de trabajo* y, sobre todo, *La coronación de la Emperatriz* (1807), que se puede apreciar en el Louvre. Cuando muere el Emperador, se exilia en Bruselas.

Gourgaud, Gaspard (1783-1852)

General y barón, era hijo de un músico de la corte de Versalles. Oficial de artillería, participa en la mayoría de las campañas de la Gran Armada. Salva la vida de Napoleón en la batalla de Brienne. Acompaña al Emperador a Santa Helena, pero su carácter difícil y sus celos enfermizos crean muchos conflictos (Napoleón era su ídolo). Luego de que se bate en duelo con el general Montholon, el Emperador le sugiere que se vaya de la isla. En la revolución de 1830 vuelve a la carrera militar, del lado del rey Louis-Philippe. Regresa a Santa Helena en 1840 junto con otros de sus compañeros de exilio.

Joinville, François d'Orléans (1818-1900)

Tercer hijo del rey Louis-Philippe y de la reina Marie-Amélie. Destinado a la Marina, participa en las expediciones de Argelia y México. Al mando de la fragata Belle Poule, se encarga de la repatriación de las cenizas de Bonaparte. Esto le da una gran popularidad.

Las Cases, Emmanuel conde de (1776-1842)

Se convierte en el interlocutor favorito de Napoleón por su cultura y sus modos finos. Era ingenioso y servicial. Él es quien le sugiere que le dicte sus memorias y es su primer profesor de inglés. Escribe el *Memorial de Santa Helena*, que lo vuelve famoso. Antes de morir en su casa de Passy, París, asiste a la ceremonia de Los Inválidos.

Las Cases, Emmanuel (1800-1854)

Hijo del anterior. A pesar de su corta edad, le sirvió como secretario a Napoleón en Santa Helena. En Inglaterra, provocó a duelo a Hudson Lowe. Más tarde, representando a su padre, formó parte del grupo que fue a Santa Helena por los restos del Emperador.

León (Denuelle de la Plaigne, conocido como el conde)

Hijo ilegítimo de Napoleón y de Éléonore Denuelle. Su padre le heredó 320,000 francos, pero le gustaban demasiado el juego y los burdeles. Murió en la pobreza, en Pontoise, de cáncer de estómago.

Lepage, Michel

Cocinero de Bonaparte en Santa Helena. Era un cocinero mediocre y, además, se quejaba de la mala calidad de los productos. Se casa con una cocinera belga que H. Lowe pone a disposición de Napoleón: Catherine Sablon, conocida como Finette. Tienen una hija que nace en la isla. En 1818 regresan a Francia.

Lowe, Hudson Sir (1769-1844)

General inglés, fue elegido para vigilar a Napoleón en Santa Helena. Dejó escritas unas *Memorias* donde intenta justificar el maltrato que le infligió a su famoso prisionero. Rechazado precisamente por ello, muere en relativa pobreza.

Marchand, Louis (1791-1876)

Valet de chambre de Napoleón, reemplaza a Constant en 1814 y se queda al lado del Emperador hasta su muerte, en Santa Helena. Napoleón apreciaba su entrega, su educación y cultura. Se convierte en valet, enfermero, secretario y copista. Es uno de los ejecutores del testamento de Napoleón. Participa en la repatriación de sus cenizas y más tarde se convierte en conde gracias a Napoleón III.

María Luisa (1791-1847)

Hija del emperador austriaco Francisco y de María Teresa de Borbón-Sicilia, se convierte en la segunda esposa de Napoleón y en la madre del heredero, Alejandro, rey de Roma. Al principio veía al francés como su enemigo, como el Anticristo. Su papá la "sacrifica" por razones de Estado y se tiene que casar con Bonaparte en Las Tullerías, en 1810. Muy pronto llega a ser feliz con el Emperador, que la llena de atenciones. En 1814 huye de París. Refugiada en Austria, se convierte en amante del conde de Neipperg y nunca más vuelve a ver a Napoleón. En 1835 se casa con el conde de Bombelles y le da dos hijos. Bonaparte decía de ella que "no era bonita, tenía señales de viruela, pecho de sobra y labios gruesos, pero al menos era rubia y joven".

Montholon, Charles Tristan
conde de (1783-1853)

General. Combatió bajo las órdenes de Bonaparte en Austerlitz, Iena y Wagram. Fue uno de los chambelanes del Emperador. Siguió a Napoleón a Santa Helena y fue uno de los ejecutores de su testamento. En 1840, participó en un complot al lado del futuro Napoleón III. Esposo de Albine de Montholon, supuesta amante del Emperador en Santa Helena. Escribió, junto con Gourgaud, *Memorias para servir a la historia de Francia bajo Napoleón* (1823) y *Récits de la captivité de Napoléon à St-Helene* (1847).

Montholon, Albine de

Mujer alta y graciosa, de carácter muy fuerte. El conde de Montholon fue su tercer esposo. Era tres años mayor que su marido. Tenía una agradable voz y tocaba muy bien el piano. Se dice que tuvo dos amantes en Santa Helena: el propio Bonaparte y Basil Jackson, un joven teniente inglés. También se cree que la hija que dio a luz en la isla, Joséphine Napoléone de Montholon-Semonville (1818-1819) era fruto de sus relaciones con el Emperador. Los testigos afirman que cuando Albine dejó la isla, en 1819, Bonaparte lloró como no lo había hecho desde que comenzó su exilio.

Noverraz, Jean-Abram (1790-1849)

De origen suizo, siguió a Napoleón a Santa Helena en calidad de *valet de chambre*. En 1997 se publicaron sus memorias, que van desde 1810 hasta la muerte del Emperador.

O'Meara, Barry Edward (1786-1836)
Inglés, era el cirujano del barco *Northumberland* y llegó a ser médico personal y amigo de Napoleón antes de que Hudson Lowe lo expulsara de la isla en 1818, porque era demasiado cercano al prisionero. Cuando publicó sus *Memorias*, criticó ferozmente la indignidad inglesa en relación con Bonaparte.

Orléans, Louis Philippe duc d' (1773-1850)
Louis-Philippe I, rey de los franceses. Fue quien aceptó el regreso del cuerpo de Napoleón y envió a su hijo, el duque de Joinville, a buscarlo.

Pío VII (1742-1823)
Papa en 1800. Autor del concordato religioso con Francia. Consagra a Napoleón como Emperador. Cuando Bonaparte invade Roma el Papa lo excomulga, por lo que Su Majestad lo deporta a Francia. Cuando Napoleón cae, regresa a su trono en Roma. Trata de intervenir a favor del prisionero de Santa Helena y consuela a su familia.

Ramolino, Letizia (1749-1836)
Madre de Napoleón y de otros siete hijos. Era famosa por su belleza y fuerte temperamento. Enviuda en 1786, a la edad de treinta años, y se va a vivir modestamente al sur de Francia hasta que su hijo favorito cambia el destino. Todos la conocían como *madame Mère*. Terminó sus días exiliada en Roma y nunca obtuvo permiso de visitar a su hijo en Santa Helena.

Rousseau, Jean-Jacques (1712-1778)

Escritor francés que tuvo gran influencia sobre algunos políticos de la revolución, como Robespierre. Escribió sobre la organización del Estado *(El contrato social)*, sobre religión *(La Profession de foi du vicaire savoyard)* y sobre educación *(Émile)*. También tiene una novela epistolar llamada *La nueva Eloísa*.

Saint-Denis, Ali Louis-Etienne (1788-1856)

Caballerango de Napoleón, trabajó con él desde 1811 hasta su muerte. También fue su segundo mameluco. Uno de sus deberes era acostarse al pie de la cama de Napoleón cuando estaban en campaña. En Longwood fue copista, bibliotecario y fiel entre los fieles. Durante el exilio se casó con una joven inglesa católica.

Staël, Germaine de (1766-1817)

Germaine Necker, baronesa de Staël-Holstein, es una valiente mujer conocida por su posición social y sus actividades políticas en la Revolución. Escribió *De la littérature*, *Delphine* y *Corinne*, entre otras obras. Fue enemiga acérrima y gran crítica de Napoleón, por lo que pasó mucho tiempo exiliada en Suiza.

Walewska, María (1786-1817)

La "esposa polaca" de Napoleón. Casada con el conde Walewski, conoce al Emperador en 1807, cuando llega a Polonia. Se enamoran y ella le es fiel hasta el final, aun después de su abdicación. Lo visita en la isla de Elba y lo hubiera seguido a Santa Helena, pero los ingleses no le concedieron el permiso. Al quedar viuda, se casa en 1816 con Phillipe

Antoine d'Ornano, conde del Imperio y futuro mariscal.

Walewski, Alexandre

Hijo de Napoleón y María Walewska, nacido en 1810. Llegará a ser ministro en el segundo imperio.

Apéndice II.
Cronología

1768 Los genoveses le ceden Córcega a Francia.

1769 15 de agosto: Nacimiento de Napoleón Bonaparte en Ajaccio, Córcega.

1778-1785 Estudios en Francia, en las escuelas militares de Brienne y en la Escuela Real Militar de París. Es nombrado segundo subteniente del regimiento de artillería de La Fere.

1785 Muere Charles Bonaparte, padre de Napoleón.

1786 Pasa a primer subteniente del regimiento de artillería de Grenoble.

1787 Pasa un año sabático en Córcega. Se dedica al estudio de la historia y la literatura.

1789 Comienza la revolución francesa.

1790 Gana en Lyon un premio por su ensayo que responde a la pregunta: "¿Cuáles son los principios e instituciones que deben inculcarse a los hombres para hacerles lo más felices que puedan ser?"

1792, febrero: Es nombrado capitán del 4º regimiento de artillería. Va a Córcega, donde es nombrado jefe de un batallón y pelea a favor de Francia contra los rebeldes de Ajaccio. El 10 de agosto cae Luis XVI.

1793 Enero: Guillotinan al Rey. Diciembre: Napoleón es nombrado general de brigada.

1794 Julio: Ejecución de Robespierre.

1795 Bonaparte se compromete con Désirée Clary, pero nunca llegan a casarse. Octubre: Como comandante del ejército de París, aplasta, cerca de la iglesia de Saint-Roch, una insurrección monárquica. Es nombrado general de división. Tiene sólo 26 años.

1796-1797 Se casa con Josefina. Campaña de Italia.

1798-1799 Campaña de Egipto.

1799 Noviembre: golpe de Estado del 18 y 19 Brumario. Diciembre: se convierte en el Primer Cónsul.

1800 Mayo: victoria de Marengo, contra Austria. Creación de la Banca de Francia. Primeras leyes sobre la organización administrativa, la justicia, etc. Diciembre: Atentan contra la vida de Napoleón en la calle Saint-Nicaise.

1801 Febrero: Paz de Luneville (con Austria). Firma del Concordato con el Papa Pío VII.

1802 Marzo: firma de la Paz de Amiens con Inglaterra. Mayo: creación de la Legión de Honor. Junio: firma de la paz con el Imperio Otomano. Agosto: es nombrado Cónsul vitalicio.

1803 Mayo: promulgación del Código Civil.

1804 Mayo: Emperador de los franceses. Diciembre: coronación con la presencia de Pío VII.

1805 Marzo: Rey de Italia. Octubre: desastre naval de Trafalgar. Noviembre: Toma de Viena. Diciembre: batalla de Austerlitz. Paz de Presburgo.

1806 Se restablece el calendario gregoriano. Creación de los reinos de Holanda y Nápoles. Campaña de Alemania.

1807 Febrero: campaña de Polonia: Batalla de Eylau. Junio: batalla de Friedland (victoria contra los rusos). Julio: Tratado de Tilsit. Noviembre: La armada francesa entra a Lisboa. Código de comercio.

1808 Las tropas francesas entran a España. Bonaparte instala a su hermano José en el trono español. Código de instrucción criminal, creación de la Universidad Imperial y de la nobleza del Imperio.

1809 Campaña de Austria (victoria de Wagram). Octubre: tratado de paz con Austria. Divorcio de Josefina.

1810 Matrimonio con María Luisa de Austria. Código penal.

1811 Nacimiento de su hijo, el rey de Roma.

1812 Toma de Moscú. Retirada catastrófica de Rusia.

1813 Campaña de Alemania. Austria, Prusia, Inglaterra, Suecia y Rusia se unen contra Napoleón.

1814 París cae el 30 de marzo y Napoleón abdica el 6 de abril. Se exilia en la isla de Elba. Luis XVIII sube al trono. Mayo: Josefina muere en su palacio de Malmaison.

1815 Regreso de la isla de Elba. Cien días. Napoleón sale de París para ponerse a la cabeza de su ejército. Junio: derrotado en Waterloo.

1815-1821 Napoleón vive desterrado en Santa Helena. Muere el 5 de mayo.

1830 Louis-Philippe es proclamado rey de Francia.

1840 Regresa el cuerpo de Napoleón a París.

Apéndice III.
Algunas lecturas y películas sobre Napoleón en Santa Helena

Libros

William Forsyth. *Histoire de la captivité de Napoléon en Sainte-Hélène* (1853).

Lord Rosebery. *Napoleón, la última fase* (1902).

Philippe Gonnard. *Los orígenes de la leyenda napoleónica* (1906).

Paul Frémeaux. *Los últimos días del Emperador* (1908) y *Dans la chambre de Napoléon mourant* (1910).

Frederic Masson. *Autour de Sainte-Hélène* (tres volúmenes, 1909-1912).

Arnold Chaplin. *A St. Helena Who's Who* (1914).

Norwood Young. *Napoleon in Exile at St. Helena* (1915).

Ernest d'Hauterive. *Sainte-Hélène, au temps de Napoléon et aujourd'hui* (1933).

Octave Abry. *Sainte-Hélène* (1935).

Paul Ganière. *Napoleón en Santa Helena* (tres volúmenes, 1956-1962).

André Castelot. *Drame de Sainte-Hélène* (1959) y *Napoléon* (1968).

Gilbert Martineau. *La vie quotidienne à Sainte-Hélène au temps de Napoléon* (1966) y *Napoléon a Sainte-Hélène* (1981).

Bonnel, Castelot, Tulard y otros. *Sainte-Hélène, terre d'exil* (1971).

Jean-Paul Kauffman. *La chambre noire de Longwood* (1997).

Jean Tulard. *Napoléon et les mystères de Sainte-Hélène* (2003).

Películas

(Director: título del filme (fecha) / actor que encarna a Napoleón.)

Abel Gance: *Napoleon auf Sankt Helena* (1929) / Kerner Kraus.

Renato Simoni: *San'Elena, piccolo isla* (1943) / Ruggero Ruggieri.

Fielder Cook: *Eagle in a Cage* (1969) / Kenneth Haigh.

Jerzy Kawalerowicz: *Jeneic Europy (L'Otage de l'Europe)* (1988) / Roland Blanche.

Alan Taylor: *Las nuevas ropas del Emperador: la muerte de Napoleón* (2002) / Ian Holm.

Antoine de Caunes: *Monsier N* (2003) / Philippe Torreton.

Bibliografía

Ali (Mameluck). *Souvenirs sur l'Empereur Napoléon.* Arléa, París, 2000.

Asbeshouse, Dr. Benjamin S. *Historia médica de Napoleón Bonaparte.* Eaton Laboratories, Nueva York. Sin fecha.

Balcombe, Elisabeth. *To Befriend an Emperor.* Ravenhall Books, Inglaterra, 2005.

Balzac, Honoré de. *Maximes et pensées de Napoléon.* Éditions de Fallois, París, 1999.

Bertrand, Henri-Gatien. *Cahiers de Sainte-Hélène.* (Diario del general Bertrand descifrado y anotado por Paul Fleuriot de Langle). Éditions Albin Michel, París, 1950.

Castelot, André. *Napoléon et les femmes*. Perrin, París, 1998.

Constant. *Mémoires intimes de Napoléon Ier par Constant, son valet de chambre*. Dos tomos, Mercure de France, París, 1977.

Dänzer-Kantof, Boris. *La vie des français au temps de Napoléon*. Larousse, París, 2003.

Duchène, Marie. *Napoléon: petit guide*. Aedis Éditions, Vichy, 1999.

Gengembre, Gérard. *Napoleon, The Immortal Emperor*. Vendôme, Nueva York, 2003.

Hibbert, Christopher. *Napoleon, His Wives and Women*. Harper Collins, Londres, 2002.

Kauffman, Jean-Paul. *La chambre noire de Longwood*. Éditions de la Table Ronde, París, 1998.

Kopp, Robert. *Baudelaire. Le soleil noir de la modernité*. Découvertes Gallimard, París, 2004.

Las Cases, Emmanuel de. *Memorial de Sainte-Hélène*. Dos tomos, Éditions du Seuil, París, 1968.

Lemaire, J.F. y otros. *Autour de "l'empoisonnement" de Napoléon*. Nouveau Monde Éditions, París, 2001.

Lentz, Thierry. *Napoléon, Idées reçues*. Le Cavalier Bleu, París, 2001.

Lo Duca, J.M. *Journal secret de Napoléon Bonaparte*. Phébus, 1997.

Ludwig, Emil. *Napoléon*. Editorial Juventud, Barcelona, 2001.

Macé, Jacques. *Dictionnaire historique de Sainte-Hélène*. Tallandier, París, 2004.

Malraux, André. *Vie de Napoléon par lui-même.* Gallimard, París, 1930.

Martin, Andy. *Napoléon écrivain. Histoire d'une vocation manquée.* Éditions Privat, Toulouse, 2003.

Masson, Frédéric. *Napoléon intime.* Tallandier, París, 2004.

Montholon, Albine. *Journal secret d'Albine de Montholon, maîtresse de Napoléon à Sainte-Hélène.* Editions Albin Michel, París, 2002.

Napoléon Bonaparte en verve. Mots, propos, aphorismes. Horay, París, 2002.

Napoleón, cartas de. Editadas por J.M. Thompson. Grupo Editorial Tomo, México, 2000.

Reid Haig, Diana. *Walks through Napoleon and Josephine's Paris.* The Little Bookroom, Nueva York, 2004.

Revista Le Point, núm. 1674, pp. 96-105, 14 de octubre de 2004. Reportaje: "La France cachée de Napoléon", por François Dufay, François Malve y Olivier Weber.

Tulard, Jean y otros, *L'ABCdaire de Napoléon et l'Empire.* Flammarion, París, 1998.

Tulard, Jean. *Napoléon et les mystères de Sainte-Hélène.* L'Archipel, París, 2003.

Voltaire. *Zadig, Micromegas y otros cuentos.* Editorial Fontamara, México, 1989.

Agradecimientos

A José Manuel Martínez Altamira (Chepe), por haberme presentado a Napoleón en la secundaria, en la preparatoria, en la universidad, en la vida.

A Juan Carlos del Valle, por la máscara mortuoria de Napoleón que me acompañó fielmente durante este trayecto.

Por su revisión y sugerencias: a Ramón Córdoba, Miguel Cossío Woodward, Adriana Abdó, Marta Guerrero, Inés Robles, Enrique Rivas Zivy, Andrés Gluzgold, Ana Paula Rivas y Francisco Martín Moreno.

Por la información o los libros que me facilitaron: a Domingo Gutiérrez, Ulises Schmill, Erma Cárdenas, Paola Martín Moreno y Cristina Arellano.

Índice

Viento amargo se terminó de imprimir en noviembre de 2006, en Grupo Caz, Marcos Carrillo 159, Col. Asturias, C.P. 06850, México, D.F. Composición tipográfica: Sergio Gutiérrez. Cuidado de la edición: Ramón Córdoba. Corrección: Alberto Román y Clara González.